www.blue-panther-books.de

»EXTREME FESSELN«
DIE INTERNET-STORY

MIT DEM GUTSCHEIN-CODE
KS2TBMQAW
ERHALTEN SIE AUF
WWW.BLUE-PANTHER-BOOKS.DE
DIESE EXKLUSIVE ZUSATZGESCHICHTE ALS PDF.
REGISTRIEREN SIE SICH EINFACH ONLINE ODER
SCHICKEN SIE UNS DIE BEILIEGENDE
POSTKARTE AUSGEFÜLLT ZURÜCK!

Kim Shatner

VögelBar 2

Erotischer Roman

www.blue-panther-books.de

Blue Panther Books Taschenbuch
Band 2179

1. Auflage: Dezember 2011

Vollständige Taschenbuchausgabe

Originalausgabe

Cover: © Pascal Genest @ istock.com
Umschlaggestaltung: www.heubach-media.de
gesetzt in der Trajan Pro und Adobe Garamond Pro

Printed in Germany
ISBN 978-3-86277-196-7

www.blue-panther-books.de

VÖGELBAR ❷

Marc Feldman stand am Fenster seines Büros im vierten Stock eines vornehmen Londoner Geschäftshauses und sah auf die Uhr. Die prominente Klientin müsste jeden Moment eintreffen.

Als Spitzenastrologe hatte Marc viele betuchte Kunden, aber eine Dame aus dem englischen Hochadel befand sich bislang nicht unter ihnen. Lady Gladys hatte bei der telefonischen Terminvereinbarung nicht erwähnt, ob sie mit einem speziellen Anliegen kommen oder sich mit einem allgemeinen Jahreshoroskop zufrieden geben würde. Letzten Endes war es auch egal. Was zählte, war, dass sich seine astrologische Kompetenz nun auch im Hochadel herumzusprechen begann.

Das Telefon summte.

Marc ging zu seinem Schreibtisch, drückte eine Taste und nahm den Anruf entgegen.

Es war Svenja, seine Sekretärin.

»Entschuldige bitte«, sagte sie. »Ich habe deine Schwester in der Leitung. Ich habe ihr gesagt, dass es gerade ziemlich unpassend ist, weil du eine wichtige Kundin erwartest, aber sie ließ sich nicht abwimmeln.«

»Okay, stell sie durch.«

Zwei Sekunden später hatte er seine Schwester Brittany in der Leitung. Brittany war total aufgelöst. Es ging um ihren Mann Kieran. Sie sagte etwas wie »aus dem Staub gemacht« und »per SMS verabschiedet«. Hatte sie gerade gesagt, dass Kieran Parker eine Neue hätte? Marc war sich nicht sicher, dass er alles richtig verstanden hatte, weil sie so durcheinander war. Sie wollte, dass er sofort zu ihr kam.

Marc gab seiner Schwester höflich zu verstehen, dass das im Augenblick vollkommen unmöglich sei, weil er jeden Moment den Besuch einer wichtigen Kundin erwartete. Dieser Termin würde ihn ungefähr eine Stunde beanspruchen. Danach würde er aber sofort nach Camden rausfahren und sie besuchen.

Widerwillig lenkte sie ein.

Kaum hatte er aufgelegt, meldet sich seine Sekretärin erneut. Diesmal über die Sprechanlage.

Die prominente Besucherin war eingetroffen.

Sichtlich nervös erhob sich Marc aus seinem schwarzen Ledersessel. Seine Nervosität rührte nicht nur von Brittanys komischem Anruf her. Er hatte diesem Tag ohnehin mit großer Spannung entgegengefiebert, da sein Horoskop für heute eine außergewöhnliche Begegnung anzeigte. Und jetzt kam auch noch diese undurchsichtige Sache mit Brittanys Mann hinzu.

Kurz darauf öffnete sich die Tür. Svenja führte die Kundin in Marcs Büro.

Lady Gladys!

Ihm war, als flutete eine Welle von Licht herein.

Ja, sie war es wirklich!

Die Frau, die er nur aus der Regenbogenpresse kannte. Die Jetsetterin, die allein schon wegen ihrer außergewöhnlichen Schönheit die Aufmerksamkeit der Medien auf sich zog. Die Dame von Welt, der die Skandale zuflogen wie dem Licht die Motten. Die femme fatale, deren Eltern vor einem Jahr tödlich verunglückt waren und deren prächtiges Anwesen Tottenham Castle sie seitdem allein mit ihrem Bruder bewohnte. Diese Frau war hier und heute in seinem Büro und suchte seinen astrologischen Rat.

Marc hatte schon einiges über Lady Gladys gelesen, auch dass sie gern mal einen über den Durst trank, aber die skandalöseste Meldung war gewesen, dass ihr ein arabischer Ölscheich angeblich zehn Millionen Pfund für eine einzige Nacht mit ihr geboten hatte. Lady Gladys hatte natürlich abgelehnt und die pikante Angelegenheit im Nachhinein wie folgt kommentiert: »Was ich nicht für ein Pfund mache, mache ich auch nicht für zehn Millionen.«

Und nun stand die Einunddreißigjährige leibhaftig vor ihm.

Sie trug ein maßgeschneidertes Prada Kostüm, dessen zeitlose Eleganz die ohnehin perfekte Silhouette ihres Körpers noch perfekter betonte. Mit ihrem hellblonden Haar, der modischen Kurzhaarfrisur und den leuchtendblauen Augen war sie ein wahrer Blickfang. Nur bei dem feinen aristokratischen Näschen war nicht auszuschließen, dass der beste Schönheitschirurg der Stadt etwas nachgeholfen hatte.

»Freut mich, Sie endlich persönlich kennenzulernen, Mr Feldman«, sagte sie mit einem entwaffnenden Lächeln und reichte ihm die Hand.

»Das Vergnügen ist ganz meinerseits, Lady Gladys. Nehmen Sie doch bitte Platz.«

Er wies ihr einen Platz auf einer der beiden eleganten Ledercouchen zu und setzte sich dann schräg gegenüber.

»Was darf ich Ihnen anbieten?«, fragte er.

»Ich hätte gern ein Wasser.«

Zwei Minuten später kam Svenja mit einem Silbertablett, zwei Gläsern und dem Perrier herein.

Als sie wieder draußen war, sagte Lady Gladys: »Sie sind ein berühmter Mann, Mr Feldman, ich lese regelmäßig Ihre Kolumne in ›Vanity Fair‹.«

Sie bemühte sich, einen flapsigen Ton anzuschlagen, um die Anspannung, die sie bei Marc spürte, etwas zu lockern. Denn die Erfahrung hatte sie gelehrt, dass die meisten Männer ziemlich durcheinander gerieten, wenn sie ihr zum ersten Mal gegenübertraten.

Als sie ihn auf seine Aufgekratztheit ansprach, reagierte Marc überrascht. »Ja, Sie müssen entschuldigen«, sagte er mit leicht nervösem Unterton. »Eine Familienangelegenheit ...«

»Oh, hoffentlich nichts Ernstes.«

»Meine Schwester …«

»Bei Ihnen ist es die Schwester, bei mir ist es der Bruder, der die Sorgen bereitet.« Sie seufzte. »Genau genommen, komme ich nur wegen meines Bruders zu Ihnen.«

Marc wurde neugierig.

»Die Angelegenheit ist ausgesprochen heikel«, fuhr Lady Gladys fort, »und sie verlangt natürlich ein Höchstmaß an Diskretion.«

Marc nickte verständnisvoll. »Die Informationen, die ich von Ihnen im Laufe dieses Gesprächs erhalte, sind bei uns sicherer aufgehoben als in der Bank von England, Lady Gladys. Nicht nur, weil Sie eine Person mit einer gewissen Öffentlichkeit sind, sondern generell und ohne den kleinsten Kompromiss.«

»Das beruhigt mich, Mr Feldman.«

Und dann legte sie los. »Ein Schatten liegt auf der Seele meines Bruders. Er hat vor irgendetwas Angst, und ich möchte einfach nur den Grund für seine Angst wissen. Deshalb bin ich hier.«

Marc blickte sie etwas irritiert an. »Das ist alles?«, fragte er.

»Ja, das ist alles«, sagte Lady Gladys.

»Nun ja, Sie machen sich möglicherweise ein falsches Bild von der Astrologie. Ein Astrologe ist kein Hellseher, Lady Gladys. Sie müssten mir schon ein paar zusätzliche Informationen geben, damit ich …«

Lady Gladys öffnete ihre Handtasche und holte eine farbige Horoskopskizze heraus. »Das ist Randolphs Geburtshoroskop.« Sie reichte Marc die Skizze über den kleinen Glastisch.

»Lord Randolph, 13. Earl of Suttonborough«, las Marc laut vor. Er überflog die Skizze und sah, dass der Earl siebenunddreißig Jahre alt war, also genauso alt wie er. »Sie haben ihn noch nicht gefragt, wovor er Angst hat?«

»Nein«, sagte sie kurz angebunden, vermied es aber, Details, die Marc möglicherweise weitergeholfen hätten, anzufügen.

»Hat er vielleicht Feinde? Hatte er in letzter Zeit Streit mit jemandem gehabt? Hat er vielleicht Schulden bei jemandem, die er nicht zurückzahlen kann? Hat er ein Verhältnis mit der Frau eines eifersüchtigen Ehemanns? Wo verbringt er seine Abende und Nächte, welche Vergnügungen bevorzugt er? Ist er vielleicht homosexuell?«

»Ich habe alle diese Fragen bereits durch einen der besten Londoner Privatdetektive abklären lassen. Aus Randolphs Kreditkartenabrechnungen geht hervor, dass er sich eine Zeit lang regelmäßig in einem recht zweifelhaften Etablissement herumtrieb. Es gehört einem Russen. Er heißt Viktor Burjakin. Als der von mir engagierte Privatdetektiv herausfand, wer der Eigentümer dieses Etablissements ist, ist er schlagartig von seinem Auftrag zurückgetreten.«

»Aus Angst?«

»Ja, definitiv. Das gab er auch unumwunden zu ...«

»Viktor Burjakin umgibt also eine Aura, die selbst hartgesottene Privatdetektive zurückschrecken lässt.«

»So sieht es aus.«

»Hm.« Marc dachte nach. »Erinnern Sie sich an den Namen dieses Etablissements?«

»Natürlich. Es ist das ›Shestnadzat‹.«

»Dieser Fall ist äußerst ungewöhnlich, Lady Gladys. Ich kann Ihnen natürlich nicht versprechen, dass es mir gelingen wird, Ihnen in dieser verzwickten Angelegenheit weiterzuhelfen, aber ich werde mir das Horoskop Ihres Bruders sehr genau ansehen. Ich werde seine astrologischen Tendenzen für die nächsten Monate überprüfen und mir dann etwas überlegen. Kann ich Sie irgendwie telefonisch erreichen?«

»Wenn Sie mir versprechen, diese Nummer mit derselben Diskretion zu behandeln wie die übrigen Informationen.«

»Selbstverständlich.«

Sie gab ihm ihre Handynummer.

***

Das Haus seiner Schwester lag weit draußen. In Camden. Es war ein Einfamilienhaus mit einem kleinen Vorgarten. Nicht zu groß, nicht zu klein. Bürgerlich eben. Die Häuser in dieser Gegend unterschieden sich kaum voneinander.

Brittanys kleiner Honda parkte in der Garageneinfahrt.

Marc stellte seinen Wagen direkt hinter den ihren.

Er schlug die Fahrertür zu und ging über einen kleinen mit Heckenrosen gesäumten Weg.

Auf dem Türschild stand: Kieran und Brittany Parker.

Marc klingelte. Aus dem Inneren des Hauses ertönte ein tiefes *Ding Dong.*

Weil ihm nicht geöffnet wurde, klingelte er noch mal. Er wartete wohl eine halbe Minute, aber als die Tür dann immer noch geschlossen blieb, wurde er stutzig. Er überlegte, ob er um das Haus herumgehen sollte – da, endlich ging die Tür auf.

Eigentlich war Brittany ein hübsches Ding mit langem braunem Haar und warmen braunen Augen. Aber jetzt erkannte er seine Schwester kaum wieder. Das Bild, das sich ihm bot, war geradezu erschreckend. Offensichtlich kam sie direkt aus der Dusche. Ihre Schminke war verlaufen. Sie hatte sich ein weißes Badetuch umgeschlungen, ihre Haare waren klatschnass, und auf ihren entblößten Schultern befanden sich noch Wassertropfen. Und sie wankte. Es war offensichtlich, dass sie sturzbetrunken war.

Als sie Marc sah, schlug sie die Hände vors Gesicht und bekam einen Weinkrampf. Sie schluchzte hemmungslos.

Marc trat ein, schloss die Tür hinter sich und drückte sie an sich. »Brittany, was ist los?«

Keine Antwort.

Er löste sich von ihr, nahm sie an die Hand und zog sie ins Wohnzimmer. Dann packte er sie fest an den Schultern und sah ihr ins tränenverschmierte Gesicht. »Du erzählst mir jetzt, was vorgefallen ist.«

Doch alles, was er zu hören bekam, war ein erneuter Weinkrampf. Er ahnte, dass er so nicht weiterkommen würde. Deshalb drückte er sie an sich und streichelte sie. Minutenlang.

»Ist ja gut, mein Schatz. Ich verspreche dir, alles wird wieder gut.« Dabei wiegte er sie sanft hin und her.

Während er sie durch Drücken und Streicheln zu trösten versuchte, roch er den Duft ihres nassen Haars. Sie roch wirklich sehr gut. Ihr Körper war warm und feucht. Es dauerte nicht lange, und er bekam einen Steifen. Das war ihm natürlich peinlich, aber er konnte nichts dagegen machen. Er schämte sich und hoffte, dass Brittany es nicht bemerken würde. Aber natürlich merkte sie es. Und je mehr er sich wünschte, sein Glied möge sich wieder entspannen, umso steifer wurde es.

Brittany begann nun ihrerseits seinen Rücken zu streicheln, und fast sah es so aus, als würde sie ihr Becken absichtlich gegen das seine drücken. Ihre rechte Hand wanderte langsam an seinem Rücken hinunter, streichelte ein paar Mal über seinen Hintern und suchte sich dann vorsichtig einen Weg nach vorn.

Während sie liebevoll über die Beule in seiner Hose streichelte, sah sie ihm mit einem verzehrenden Blick in die Augen.

Oh Brittany, tu das nicht, dachte Marc.

Aber schon suchten ihre Lippen seinen Mund. Ihr Badehandtuch löste sich vom Körper und fiel zu Boden.

Marc hielt die Augen fest geschlossen. Das durfte doch nicht wahr sein. Alles was er spürte, war die warme Zunge seiner Schwester in seinem Mund. Sie war liebevoll und fordernd, und sein Verstand umnebelte sich. Er erwiderte ihr Zungenspiel, er konnte einfach nicht anders.

Nach einer Weile lösten sich ihre Münder voneinander, und Marc sah sie an. Er konnte sich nicht daran erinnern, seine Schwester jemals nackt gesehen zu haben. Die Empfindungen, die ihn bei ihrem völlig entblößten Anblick überkamen, waren unbeschreiblich.

Er streichelte ihre Pobacken, die fest und glatt waren. Er drückte und knetete sie, und ein einzelner Finger fuhr ihr über die Rosette. Er spürte die Feuchtigkeit an ihrem Anus. Dann wanderte seine Hand nach vorn zwischen ihre Beine.

Ihre Möse war rasiert, heiß und feucht. Langsam und liebevoll massierte er ihren Kitzler. Sie stöhnte auf.

Dies war der Moment, wo das Geschwisterpaar vollständig die Kontrolle verlor und sich blind seinen Instinkten überließ. Sie sanken zu Boden auf den flauschigen Teppich. Während Marc sich über seine Schwester beugte, um ihre Beine zu spreizen, warf Brittany einen kurzen Blick auf sein hart erigiertes Glied. Dann fiel ihr Kopf willenlos nach hinten.

Ihr Mund öffnete sich weit, als Marc mit seinem Hammer tief in ihre Fotze fuhr und ihr mit langsamen und schweren Stößen gab, wonach sie sich insgeheim schon immer gesehnt hatte.

»Oh, ist das schön, Marc ...«

Für einen kurzen Moment dämmerte ihr, dass sie gerade Liebe mit dem eigenen Bruder machte, und sie sah ihn völlig entgeistert an, als könnte sie selbst nicht glauben, was sie da gerade taten. Aber dann wurde sie von den Wogen der Lust einfach überwältigt, und es wurde ihr zunehmend egal.

»Oh, wie ich deinen geilen Schwanz liebe, Marc ... Ja, gib's mir ... Ja, ja ... ja ...«

Marc und Brittany liebten sich hemmungslos und in verschiedenen Stellungen und verloren schließlich jegliches Zeitgefühl. Und je mehr sie innerlich akzeptierten, dass das, was sie taten, völlig okay war, umso besser fühlten sie sich. Es gab keinen Grund, die tiefe Zuneigung, die sie in diesen Minuten füreinander empfanden, zu unterdrücken. Sie hörten auf ihre Körper, und die wollten nur auf ihre Kosten kommen.

Als Marc versuchte, ihren Arsch zu penetrieren und seinen Schwanz vorsichtig gegen ihre Rosette drückte, öffnete sich diese höchst willig. Das Gefühl, von ihrem Bruder in den Arsch gefickt zu werden, gab Brittany einen WahnsinnsKick. Während sie ihr Hinterteil steil aufrichtete, um ihrem Bruder maximalen Genuss zu bereiten, fuhr sie sich mit einer Hand zwischen die Beine, um sich den Kitzler zu rubbeln. Es dauerte nur Sekunden, und sie kam das erste Mal. Hemmungslos schrie sie ihre Lust hinaus.

Ihre Schreie törnten Marc dermaßen an, dass er sich kaum mehr zurückhalten konnte.

»Ich muss spritzen«, schrie er.

»Ja, spritz!«, rief Brittany. »Spritz! Spritz alles in meinen Arsch!« Dabei klatschte sie ihren Arsch nur noch wilder gegen seine Hammerlatte.

Nachdem Marc ihren Darm mit drei schweren Ergüssen regelrecht überschwemmt hatte, bekam sie einen weiteren Orgasmus.

Erschopft sank er schließlich über ihr zusammen.

Nahezu besinnungslos japste Brittany unter dem Körpergewicht ihres Bruders. »Oh Marc, Liebster, das war so was von geil!«

»Das war es wirklich.«

»Mir müssen es so schnell wie möglich wiederholen. Versprichst du mir das?«

»Ich verspreche es dir. Und du hast dann auch ganz bestimmt kein schlechtes Gewissen?«

Brittany seufzte. »Gäbe es denn einen Grund dazu?«

»Nein«, sagte er, »nicht im geringsten.«

Sie lagen noch eine Weile beisammen, die Beine ineinander verschlungen, küssten sich und tauschten allerlei Zärtlichkeiten aus.

»Wieso haben wir das eigentlich nicht schon früher gemacht?«, fragte Marc schließlich.

»Keine Ahnung. Es hat sich halt nicht ergeben.«

»Hm«, meinte er. Ihre Antwort befriedigte ihn offensichtlich nicht. Dann fuhr er ihr mit der Hand erneut zwischen ihre Schamlippen. Ihre Feuchtigkeit erregte ihn.

»Ich glaube, ich möchte schon wieder«, flüsterte er ihr zu, während er gleichzeitig an ihrem Ohrläppchen knabberte.

Brittany erschauerte. Dann fuhr sie ihm mit der Hand

zwischen die Beine und merkte, dass sein Schwanz tatsächlich schon wieder hart geworden war.

»Oh, Marc, ich glaube, ich bin heute süchtig nach dir.«

»Meinst du?« Er lächelte sie an. Dann drehte er sie sanft auf den Rücken und drang mit seinem knüppelharten Schwanz erneut in sie ein.

***

Die Entspannung mit seiner Schwester hatte ihm gut getan. Früher hatte er sich Sex mit ihr nicht mal im Traum vorstellen können, aber nun, da es einfach passiert war, hatte er nicht den Hauch eines schlechten Gewissens.

Er saß gerade in seinem Wagen, hörte Lady Gaga, und war auf dem Weg zurück ins Büro, als sein Handy klingelte.

Es war Sandy Summers, seine langjährige Freundin.

»Hi«, sagte er.

»Hi«, gab sie zurück. »Bist du im Büro?«

»Nein, im Auto. Ich war gerade bei meiner Schwester, um sie zu trösten. Sie hat ein wenig Kummer.«

»Oh, was hat sie denn?«

»Ist ’ne längere Geschichte.«

»Ich will auch nicht lange stören. Ich möchte nur wissen, ob wir am Samstag Clubnachmittag haben.«

»Davon gehe ich doch aus. Ich habe zumindest von Nicole nichts Gegenteiliges gehört.«

»Okay. Dann wäre ich gern wieder dabei.«

»Super, freu mich auf dich. Bye.«

»Bye.«

Die Idee zur Gründung eines eigenen Vögelclubs, nur für gute Freunde, war ihm vor einigen Monaten gekommen. Gemeinsam mit einer Klientin, Nicole du Barry, mit der ihn inzwischen eine tiefe Freundschaft verband, hatte er die Idee zu einem Projekt weitergesponnen, und dieses Projekt hatte dann auch schnell konkrete Formen angenommen. Am Anfang waren sie nur ganz wenige gewesen, aber mittlerweile waren sie zwölf gute

Freunde, die sich jeden Samstagnachmittag in der luxuriösen Club-Bar von Nicoles Villa trafen, um ihre sexuellen Gelüste nach allen Regeln der Kunst auszuleben. Sandy hatte sich anfangs nicht für den Club erwärmen können, aber nachdem sie einmal teilgenommen hatte, war es um sie geschehen. Die Vielfalt der sexuellen Genüsse, die sich einem dort boten, waren doch zu verlockend, um sie leichtfertig in den Wind zu schlagen.

Als Marc in die Kings Road einbog, kehrten seine Gedanken zu Lady Gladys zurück. Wenn die Ursache für das veränderte Verhalten ihres Bruders wirklich im Umfeld dieses russischen Nachtclubs zu suchen war, dann musste man dort ansetzen. Und zwar mit einer russischen Spionin.

Die einzige Russin, die er näher kannte, war das ehemalige Luxuscallgirl Ivana Dobrynin. Er würde sie fragen müssen, ob sie sich für diesen Job zur Verfügung stellen würde.

Zurück in seinem Büro, warf er seiner Sekretärin ein freches Grinsen zu. Svenja kannte dieses Grinsen. Marc Feldman setzte dieses Grinsen immer dann auf, wenn er sich gerade tiefenentspannt hatte. Weiß der Teufel, wo er sich gerade wieder rumgetrieben hat, dachte sie.

Marc mochte Svenja sehr. Sie war eine hübsche junge Frau von vierundzwanzig Jahren mit blonden Haaren, blauen Augen und stets fröhlicher Gemütslage. Gelegentlich kehrte sie auch ein paar Macken heraus, aber das war ihm egal. Schließlich war sie eine effiziente Mitarbeiterin.

Gutgelaunt rief er ihr zu: »Mach bitte eine Flasche Moët Chandon auf. Mir ist gerade danach.«

Für den Rest des Nachmittags vertiefte er sich in das Horoskop von Lord Randolph, dem 13. Earl of Suttonborough.

***

Für zwanzig Uhr hatte er sich mit Ivana Dobrynin verabredet. Ivana gehörte ebenfalls zum engen Freundeskreis, der sich regelmäßig jeden Samstagnachmittag in der luxuriösen Club-Bar von Nicole du Barrys Villa traf, um zu vögeln. Natürlich blieb es nicht nur bei diesen Samstagstreffen. Wann immer gerade irgendwo eine Lust zu stillen war, trafen sich die Clubmitglieder auch unter der Woche. Deshalb ging Ivana davon aus, dass Marc sich an diesem Mittwochabend nur zum Ficken mit ihr verabredet hatte.

Sie empfing ihn in ihrer Wohnung, topgeschminkt, mit einem tief ausgeschnittenen roten Kleid und in Highheels. Das Licht war gedimmt.

Eigentlich hatte Marc keine Lust auf Sex, weil er heute schon zweimal bei seiner Schwester gut abgespritzt hatte, aber der laszive Anblick Ivanas erregte ihn.

Ivana war wie alle Russinnen naturgeil und absolut tabulos. Sie war die geborene Arschfickerin und auch die einzige, die sich regelmäßig traute, den überdimensionalen Prügel seines Freundes Eric mit ihrem Arsch aufzunehmen.

Nach der Begrüßung setzten sie sich im Wohnzimmer auf die gemütliche Ledercouch, tranken ein Glas Champagner und verzehrten die köstlichen Kanapees, die Ivana kurzfristig beim Feinkosthändler bestellt hatte.

Dann erzählte Marc ihr von dem berüchtigten Nachtclub »Shestnadzat«, der diesem dubiosen Russen Viktor Burjakin gehörte, und kam damit zum geschäftlichen Teil. Dabei musste er streng darauf achten, weder den Namen von Lady Gladys noch den ihres Bruders Lord Randolph zu erwähnen.

»Ich möchte, dass du dich in dem Club um eine Anstellung bewirbst«, sagte er.

»Als was?«

»Als Bardame oder als Kellnerin, vielleicht aber auch als Dame für spezielle Dienstleistungen, aber ich möchte nicht, dass du dich zu irgendeinem Zeitpunkt in Gefahr bringst. Stell keine neugierigen Fragen. Bau zunächst ein Vertrauensverhältnis zu den anderen Mädchen auf. Lass sie erzählen.«

»Du bist verrückt. Ich bin sechsundzwanzig, ich bin viel zu alt für einen Job in diesem Gewerbe.«

»Du siehst aber jünger aus.«

»Wie viel Zeit habe ich?«

»Vier Wochen. Aber erst mal musst du den Job kriegen.«

Ivana dachte nach. Schließlich sagte sie: »Okay. Wenn du mir sagst, was ich tun soll, dann mache ich das auch.«

»Okay. Und jetzt lass uns ficken!«

***

Lady Gladys hatte eine Woche gewartet, ohne dass der Starastrologe auch nur den Versuch unternommen hätte, sie zu kontaktieren. Als sie es vor Neugier nicht mehr aushielt, griff sie genervt zum Telefon und rief ihn kurzerhand an.

Marc nahm sofort den gereizten Unterton in ihrer Stimme wahr, aber nachdem er sie über die Schritte informiert hatte, die er in der Sache ihres Bruders bereits eingeleitet hatte, nahm er ihr den Wind aus den Segeln.

»Das ist ja eine großartige Idee, Mr Feldman«, sagte sie, »da hätte ich auch selbst drauf kommen können. Natürlich ist es klüger, eine Frau – und dann auch noch eine Russin – mit der Recherche zu betrauen. Ich hoffe, Ihre Dame ist auch erfolgreich.«

»Zunächst einmal muss sie eine Anstellung in dem Nachtclub erhalten. Dann sehen wir weiter.«

»Mr Feldman, Sie sind ein so kluger Mann. Hätten Sie Lust, heute Abend mit mir essen zu gehen? Ich kenne da ein wunderbares Restaurant unten in den Docklands.«

Marc wurde hellhörig. »Sehr gern sogar«, sagte er. »Bei dem herrlichen Wetter können wir sogar draußen sitzen. Soll ich Sie abholen?«

Lady Gladys zögerte. »Ich habe ungefähr bis halb acht mit meinen Anwälten in der City zu tun. Ich werde mich von dort aus direkt zu den Docklands begeben.«

»Okay. Wo soll ich mich einfinden?«

»Das Restaurant heißt ›Jamais Contente‹.«

»Gut, ich werde um zwanzig Uhr dort sein.«

Marc hatte gerade aufgelegt, als ihn ein Anruf von Ivana erreichte.

»Stell dir vor, ich hab den Job!«, sagte sie.

»Wow! Und wann fängst du dort an?«

»Ich kann morgen anfangen.«

»Als was?«

»Als Mädchen für alles – zumindest nach Mr Burjakins Ansicht. Ich habe Mr Burjakin vor einer Stunde persönlich kennengelernt. Er meinte, was Frauen angehe, habe er ein geübtes Auge. Ich sei eindeutig eine Alleskönnerin.«

Marc lachte. »Das hört sich gut an. Ich bin mir sicher, dass du da einen tollen Job machen wirst. Aber vergiss deinen Club der guten Freunde nicht. Wir brauchen dich noch.«

»Ja, ja, ja«, erhielt er zur Antwort. »Wünsch mir Glück, Marc.«

»Viel Glück, Schätzchen.«

***

Shopping kann mitunter ganz schön anstrengend sein, dachte Paula. *Vor allem bei diesem geilen Wetter.* Die Sonne brannte heiß auf ihrer Haut, und die Luft in den Straßen stand. Es war viel zu schwül, um mit vollbepackten Tragetaschen herumzulaufen. Aber die Gartenparty bei den Millers an diesem Wochenende forderte ihren Tribut. Ein neues Outfit war angesagt. Damen der Gesellschaft konnten nun mal nicht ewig in denselben Klamotten herumlaufen.

Paula ging zurück ins Parkhaus. Sie öffnete den Kofferraum ihres Wagens und warf die beiden Tragetaschen hinein. Sie wollte sich gerade hinters Steuer setzen, als ihr das tolle Kleid wieder einfiel, das sie im Schaufenster der Prada Boutique gesehen hatte. Sollte sie, oder sollte sie nicht? Ach Quatsch, sie hatte doch genug Zeit. Also auf! Auf zu Prada!

Unterwegs musste sie wieder daran denken, wie sehr die Begegnung mit Sandy Summers ihr Leben verändert hatte. Obwohl sie keine Lesbe war und Sandy auch nicht, hatte sie durch Sandy die Liebe unter Frauen kennengelernt. Und obwohl sie mit einem interessanten Mann verheiratet war, dem erfolgreichen Anwalt Eric Eastwood, hatten sie die letzten Wochen und Monate doch verstärkt zu den verbotenen Früchten außerhalb der Ehe gelockt. Sie erinnerte sich noch sehr genau, mit wem sie wiederholt geilen Sex gehabt hatte. Nicht nur mit Sandy Summers, sondern auch mit Marc Feldman, dem besten Freund ihres Mannes. Von Claude und Silvio war sie in einem Hotelbett sogar im Sandwich gefickt worden. Zwei harte Schwänze gleichzeitig in Po und Muschi zu haben, war einfach das Geilste auf der Welt. Sie brauchte nur daran zu denken, um auf der Stelle feucht zu werden.

Die letzten Wochen kamen ihr vor wie im Film. Sie hatte Dinge erlebt, von denen die meisten Frauen zeit ihres Lebens nur träumen konnten, und je mehr Kicks sie hatte, desto stärkere Kicks brauchte sie.

Dann stand sie wieder vor dem Schaufenster der Prada Boutique und sah dieses Wahnsinnskleid. Sie musste es einfach haben!

Sie betrat das Geschäft. Das Ambiente entsprach der Preisklasse: Teure Teppiche, dezente Beleuchtung, attraktive Bedienungen.

Sie ließ sich eine Zeit lang professionell beraten, wählte dann ein paar Kleider aus und verschwand mit ihnen in einer Umkleidekabine. Umständlich probierte sie die Kleider der Reihe nach aus.

Sie brauchte diesen Kick. Ihr Herz schlug bis zum Hals, als sie das Geschäft unverrichteter Dinge wieder verlassen wollte. Eine der Verkäuferinnen hatte allerdings sehr genau aufgepasst und schnell festgestellt, dass eins der Kleider fehlte.

Paula gab den Diebstahl sofort zu, und es war klar, dass sie jetzt richtig Ärger bekommen würde. Sie wurde aufgefordert, mit in die hinteren Räume zu kommen, wo sich das Büro des Store Managers befand.

Starr vor Angst folgte Paula der Aufforderung.

Sie bekam Herzrasen, als eine der beiden Verkäuferinnen, die sie begleiteten, vorsichtig gegen die weiße Tür klopfte, auf der nur ein Name stand: A. Sanchez.

»Herein!«, kam es von innen.

Die Verkäuferin öffnete die Tür und führte Paula in einen nobel eingerichteten Raum.

»Wir haben diese Kundin gerade beim Diebstahl erwischt«, sagte die Verkäuferin. »Möchten Sie ihre Personalien aufnehmen, Miss Sanchez, oder sollen wir gleich die Polizei rufen?«

Der Store Manager war eine junge und attraktive Frau!

Antonia Sanchez erhob sich langsam aus ihrem Schreibtischsessel.

Paula hatte alles Mögliche erwartet, bloß nicht diese rassige Schönheit. Als Frau nahm sie deren Reize natürlich besonders schnell wahr. Miss Sanchez hatte die typischen Gesichtszüge einer Südamerikanerin, olivenfarbene Haut und einen kräftigen Hintern. Hinter einer modischen Brille verbarg sich ein Paar feuriger schwarzer Augen. Ihr langes welliges Haar glänzte wie rabenschwarze Seide. Sie hatte einen Mund mit vollen schönen Lippen. Ihr Outfit war elegant und strahlte durch und durch Autorität aus. Und sie war fast einen Kopf größer als die zierliche Paula.

Mit einem kurzen Kopfnicken schickte sie die beiden Verkäuferinnen nach draußen. Die Tür schloss sich hinter ihnen, und Paula war mit Miss Sanchez allein.

Lange Zeit wurde kein Wort gesprochen.

Paula versuchte, sich zusammenzureißen, aber es ging nicht. Gegen ihren Willen begann sie plötzlich zu zittern, und sie fühlte sich einem Nervenzusammenbruch nahe.

»Bitte, Miss Sanchez«, sagte sie schließlich, »ich verspreche Ihnen, alles zu tun, was Sie von mir verlangen, aber rufen Sie bitte nicht die Polizei.«

Antonia Sanchez kam langsam auf sie zu. Ein leichtes Lächeln umspielte ihre Lippen, was Paula sehr irritierte.

Als sich die Frauen gegenüberstanden, streichelte die Store Managerin der Ladendiebin sanft übers Haar. Paula ließ es zu, starr vor Angst. Und als zusätzlich zwei Hände, sanft massierend, um ihre Taille gelegt wurden, schloss sie die Augen.

Der Mund von Miss Sanchez näherte sich langsam dem ihren. Instinktiv öffnete sie ihren Mund, und ihre Zungen berührten sich. Paula spürte eine wachsende Erregung. Sie konnte es sich nicht erklären, aber sie fand Gefallen an diesen Zärtlichkeiten. Ihre Hände teilten nun ebenfalls zaghaft Zärtlichkeiten aus, indem sie die großen Brüste der Store Managerin kurz berührten.

Eine Hand glitt über Paulas Rückenpartie, tastete sich den Reißverschluss entlang und zog ihn auf. Dann ergriff Miss Sanchez den Saum von Paulas Kleid, streifte es ihr über den Kopf und warf es in den Raum.

Paula öffnete für einen kurzen Moment die Augen und blickte hinüber zur Tür. »Und wenn jemand reinkommt?«, flüsterte sie.

Anstelle einer Antwort erhielt sie einen Befehl: »Zieh deinen BH aus!«

Paula griff sich gehorsam auf den Rücken und öffnete die Ösen. Ihr BH fiel ebenfalls zu Boden. Miss Sanchez küsste Paulas Brustwarzen, die sofort spitz und hart abstanden. Paulas Atem wurde schwerer. Sie trug jetzt nur noch ihren Slip am Leib, und der wurde zusehends feucht. Sie genoss ihre zunehmende Geilheit. Wie in Trance öffnete sie die Knöpfe der Bluse dieser Frau, streifte ihr die Bluse ab und befreite sie schließlich auch von ihrem BH.

Miss Sanchez hatte wunderschöne pralle Brüste mit dunkelbraunen Nippeln. Paula fuhr ein paar Mal mit der Zunge über sie hinweg. Sie wurden sofort hart.

Die Frauen fanden zunehmend Gefallen aneinander. Ihre Münder und Zungen suchten sich aufs Neue. Miss Sanchez zog den Reißverschluss ihres Rockes auf. Er fiel zu Boden und sie stieß ihn mit dem Fuß weg. Dann fuhr sie Paula in den Schritt und massierte sanft ihre Möse.

Schauer der Lust jagten durch Paulas Körper. Jetzt wurde sie richtig scharf und ihr Slip begann nass zu werden. Doch als sich ihre Finger nun ihrerseits zur Muschi der Store Managerin vortasten wollten, zuckte sie erschreckt zusammen. Anstelle einer feuchtwarmen Möse ertasteten Paulas Hände eine mächtige Ausbeulung.

Ein Schwanz!

Verschreckt öffnete Paula die Augen. Vor ihr stand eine Transe!

Miss Sanchez lachte laut auf, bedeckte Paulas Gesicht jedoch so schnell mit Küssen, dass diese keine Zeit zum Nachdenken erhielt. »Komm!«, sagte sie schließlich.

Dann zog sie ihren Slip aus und setzte sich auf die Kante ihres Schreibtisches. Paula musste sich über sie beugen und ihren Schwanz in den Mund nehmen.

Was für ein fantastischer Schwanz!

Während Paula das Riesenteil meisterhaft lutschte, ging der Atem von Miss Sanchez immer schneller. Zitternd vor Geilheit fuhr sie sich mit der Zunge über die Lippen. Sie ließ sich gut zehn Minuten einen blasen, dann hielt sie den Moment für gekommen, auch Paula zu verwöhnen.

Neben ihrem Schreibtisch befand sich ein geöffneter Karton mit Mängelware. Miss Sanchez holte ein paar Kleidungsstücke heraus und breitete sie auf der Schreibtischoberfläche aus. Schließlich hatte es sich ihre kleine Spielgefährtin gerade redlich verdient, etwas bequemer zu liegen.

Paula legte sich mit dem Rücken auf den Schreibtisch und spreizte die Beine. Miss Sanchez hockte sich zwischen sie und begann, sie genüsslich auszuschlürfen.

Als Paula so richtig in Fahrt war, erhob sich Miss Sanchez und holte ein Fläschchen Massageöl aus ihrer Schreibtischschublade. Sie öffnete die Flasche und goss reichlich davon über Paulas spiegelglatte Möse. Dann verrieb sie das Öl langsam mit massierenden Bewegungen.

Zunächst waren es nur drei Finger, die sich vorsichtig ihren Weg in Paulas Fotze suchten. Schließlich alle fünf. Antonia hatte ziemlich große Hände, weshalb Paula trotz des Gleitöls Schwierigkeiten hatte, ihre ganze Hand aufzunehmen. Aber schließlich triumphierte ihre Geilheit. Diese Transe bescherte ihr den größten Fistfuck ihres Lebens.

Als sich Miss Sanchez schließlich bis zum Handgelenk in ihrer klatschnassen Fotze befand und sich rhythmisch in ihr bewegte, gab es für Paula kein Halten mehr. Sie wusste, dass ein IrrsinnsOrgasmus nur noch Sekunden entfernt war. Als ihr Körper zu zucken begann, stopfte sie sich ein Kleidungsstück in den Mund, um die Schreie zu dämpfen. Dann krümmte sich ihr Körper in wahnsinniger Lust, und sie spritzte ab.

»Steh auf!«, sagte Miss Sanchez.

Paula nahm diesen Befehl wie durch einen Schleier wahr.

Am ganzen Körper zitternd, erhob sie sich. Ein kräftiges Händepaar packte sie an der Hüfte, drehte sie um und drückte sie bäuchlings auf die Schreibtischplatte. Eine erneute Ladung Massageöl ergoss sich über ihren Hintern. Miss Sanchez massierte das weiße Fleisch und schließlich ihre Rosette.

Oh, mein Gott, dachte Paula. Sie ahnte, was jetzt kommen würde. Im selben Moment drückte sich die riesige Eichel gegen ihre Rosette.

»Oh Gott, ist das geil!«, stöhnte die kleine Ladendiebin, als der erste Schmerz nachließ. Miss Sanchez hatte einen fantastischen Schwanz, der ganz wunderbar in ihren Arsch passte. »Oh ja, fick mich, fick mich, fick mich!«, schrie Paula und spürte ihren nächsten Höhepunkt.

Die Frauen kamen fast gleichzeitig. Miss Sanchez schrie ihre Lust laut hinaus, während sie ihre Schwanzsahne mit kräftigen Stößen in Paulas Arsch pumpte.

Es dauerte eine Weile, ehe sie sich voneinander lösten.

Völlig erschöpft fiel Paula ihrem Transenhengst schließlich um den Hals. »Können wir das bitte, bitte, bald wiederholen?«, fragte sie, noch vollkommen außer Atem.

Miss Sanchez japste und lachte. »Klar, Süße. Ich heiße übrigens Antonia. Lass mir deine Karte da. Ich rufe dich an.«

Paula griff nach ihrer Handtasche und überreichte der schönen Exotin zitternd ihre Karte. Über die Maßen glücklich, wankte sie schließlich aus dem Raum.

***

Das »Jamais Contente« war ein Gourmetrestaurant der gehobenen Klasse. Direkt an der Themse gelegen, hatte es sich schnell zu dem InTempel der Londoner Schickeria entwickelt.

Als Marc um zwanzig nach acht eintraf, saß Lady Gladys schon draußen an einem der fein gedeckten Tische und spielte mit ihrem Handy. Sie trug ein elegantes Kostüm und extravaganten Modeschmuck.

»Ich bitte Sie tausendmal um Entschuldigung, Lady Gladys«, hechelte Marc, »aber ich habe den Feierabendverkehr total unterschätzt.«

»Ach was, für einen so interessanten Mann wartet man als Frau doch gern.«

»Nein, nein, meine Unhöflichkeit ist unter keinen Umständen zu entschuldigen. Sie sind heute Abend mein Gast, soviel steht fest. Das ist das Mindeste, was ich an Wiedergutmachung leisten kann.«

Sie lachte.

Als Marc sich zu ihr setzte, registrierte er von der Seite, dass sie einen extrem kurzen Rock trug. Ob sie sich seinetwegen so sexy in Schale geworfen hatte oder wegen der Anwälte, von denen sie gerade kam, blieb natürlich offen.

Marc bestellte für sie einen Aperitif. Dann plauderten sie über verschiedene Belanglosigkeiten. Erst als Marc auf ihren Bruder zu sprechen kam, blockierte sie.

»Randolph und mich verbinden verschiedene Dinge«, sagte sie, »nicht nur die Tatsache, dass wir Geschwister sind ...« Dabei lächelte sie verlegen. »Aber ich denke, der Zeitpunkt ist noch nicht gekommen, um tiefer in dieses Thema einzusteigen.«

Marc gab sich mit dieser abwehrenden Antwort vorerst zufrieden. Ihm war aber vollkommen klar, dass es beim Thema Randolph etwas zu verheimlichen gab.

»Was für ein schöner lauer Sommerabend«, sagte sie schließlich, nachdem sie den Hauptgang zu sich genommen hatten.

»Ja, wie geschaffen für ein romantisches Dinner zu zweit.«

»Sie haben einen Hang zur Romantik?«

»Ein bisschen schon.«

»Mein Vater sagte immer: Versetz eine Frau in eine romantische Stimmung, und sie wird scharf auf dich.«

»Ist das so?«

»Aber ja. Möchten Sie es drauf ankommen lassen?«

»Sie sind doch schon scharf auf mich«, sagte Marc selbstbewusst.

»Eingebildet sind Sie gar nicht.« Sie lachte.

»Doch, ich bin wie alle Männer. Eingebildet, dumm und viel zu vertrauensselig.«

Lady Gladys prustete los. »Deshalb machen wir Frauen uns ja auch ständig lustig über euch.«

Langsam fing es an zu dämmern, und ein warmer Wind kam auf. Die Kellner tauschten die Tischkerzen gegen Windlichter. Es wurde schnell dunkel. In der Dunkelheit bekam niemand mit, wie plötzlich schwere Regenwolken aufzogen. Es dauerte nicht lange, bis es blitzte und krachte und der Himmel sich wie aus Kübeln entlud. Es war ein richtiger Platzregen. Die Gäste, die sich noch draußen befanden, rafften schnell ihre Habseligkeiten zusammen und stürzten ins Innere des Restaurants. Dort wurde es rasch ziemlich eng. Die Menschen waren teilweise durchnässt und standen dicht zusammengedrängt. Lady Gladys wurde eng an Marc gepresst.

»Ich liebe Extreme«, flüsterte Marc ihr ins Ohr. Er meinte natürlich das Donnergrollen und den violett aufleuchtenden Nachthimmel, denn das Gewitter war direkt über ihnen.

Die Augen von Lady Gladys verschleierten sich. »Damit hast du mich gekriegt«, hauchte sie. Und als der Regen nachließ, gab sie ihm die Adresse ihrer Stadtwohnung. »Aber nicht heute«, setzte sie leise hinzu.

Marc beglich die Rechnung, und sie verabschiedeten sich voneinander.

Das nächste Abendessen würde in der Stadtwohnung von Lady Gladys stattfinden.

***

»Hey, hast du heute schon einen Blick in die ›Sun‹ geworfen?« Es war Eric, Marcs bester Freund, der ihn am nächsten Tag gleich morgens im Büro anrief.

»Ich lese keine ›Sun‹. Was gibt's denn?«, fragte Marc.

»Dann kauf dir eine und schlag mal Seite drei auf.«

»Mach's nicht so spannend, Eric.«

»Dass du nichts anbrennen lässt, weiß ich ja, aber dass du es jetzt sogar in den höchsten gesellschaftlichen Kreisen treibst, ist auch für mich eine kleine Sensation.«

Marc stockte der Atem. »Das ist nicht wahr!« Er hatte natürlich sofort richtig kombiniert.

»Und ob das wahr ist. Ein Superfoto von euch beiden. Und dann der Text erst: ›Liebesgeflüster zwischen Lady Gladys und dem Londoner Starastrologen Marc Feldman‹.«

»Wahnsinn. Lies vor!«

Eric las ihm den Artikel Satz für Satz vor.

Marc verzichtete darauf, seine Sekretärin Svenja mit der Besorgung der »Sun« zu beauftragen. Er stürzte aus dem Büro, rief ihr »Bin gleich zurück« zu und spurtete das Treppenhaus hinunter, indem er mehrere Stufen auf einmal nahm.

Unten am Kiosk kaufte er sich ein Exemplar jener Zeitung, die in einer Auflage von drei Millionen erschien. Noch auf der Straße schlug er das Blatt auf und betrachtete das Foto. Es war riesig! Und gestochen scharf! Dabei hatte er gestern Abend von einem Paparazzo weit und breit nichts gesehen.

***

Im Laufe des Vormittags riefen ihn weitere Freunde an: Inga Hammarlund, mit der sich gerade eine feste Beziehung anbahnte; Emily Blokarsky, die seit langem in ihn verliebt war; Paula Eastwood, Erics Frau, die es ebenfalls schon mit ihm getrieben hatte; Nicole du Barry, die fünfundvierzigjährige Lebedame, mit der er zusammen die »VögelBar« ins Leben gerufen hatte; und natürlich Sandy Summers, die feste Beziehungen grundsätzlich scheute und sich seit vielen Jahren nur zu unverbindlichen Sexabenteuern mit ihm traf.

Die einzige Person, die sich nicht bei ihm meldete, war seine Schwester Brittany.

***

Paula hatten ihr Erlebnis mit der Transe und der Artikel in der »Sun« so sehr mitgenommen, dass sie sich umgehend mit Sandy treffen musste. Der Grund lag weniger in Paulas zwanghafter Mitteilsamkeit, als in der Tatsache begründet, dass sie endlich mal etwas vorzuweisen hatte, in dem sie Sandy voraus war. Obwohl weder sie noch Sandy lesbisch waren, hatte Sandy ihr die Liebe unter Frauen gezeigt. Sandy war es gewesen, die sie in die Welt der Sexspielzeuge eingeführt und ihr den professionellen Umgang mit diesen Lovetoys gelehrt hatte. Und Sandy war auch ihre erste Freundin, die von zwei Männern gleichzeitig im Sandwich durchgenommen worden war.

Aber jetzt hatte Paula endlich mal etwas vorzuweisen, mit dem sie Sandy einen Schritt voraus war. Sie hatten sich für den Nachmittag in Sandys Wohnung in der Channel Street verabredet.

Sandy hatte bereits gestern schön geputzt und aufgeräumt und heute Morgen, kurz bevor sie aus dem Haus ging, ihr großes französisches Bett frisch bezogen.

Paula klingelte gegen halb vier. Sie trug ein luftiges Sommerkleid und Highheels. Sandy war nur mit einer knallengen Hotpants und einem BH bekleidet.

Die Frauen fielen sich wie gewohnt lachend in die Arme.

»Du hast es ganz schön warm hier«, meinte Paula, während sie ihre Tasche auf dem Boden abstellte.

»Ja, sorry, die Sonne hat den ganzen Tag über hier reingeballert. Hatte heute Morgen leider vergessen, die Lamellen zuzuziehen. Jetzt gibt es erst mal ein Gläschen eiskalten Champagner.«

»Davon wird mir dann noch heißer«, sagte Paula lachend.

Sandy ging in die Küche. Die aufgeschlagene »Sun« lag auf dem Tisch. »Hast du schon von unserem berühmten Freund gelesen?«, fragte sie.

Paula folgte ihr in die Küche. »Klar. Das ist einfach der Hammer.«

»Und? Meinst du, er fickt sie?«

»Ich habe heute Morgen mit ihm telefoniert. Er meinte, die Beziehung zu Lady Gladys sei rein geschäftlich.«

»Das heißt, er fickt sie.«

»Vielleicht. Du kennst ihn ja länger als ich.«

Sandy lachte. »Und ob ich ihn kenne!« Sie füllte zwei Gläser randvoll mit der perlenden Flüssigkeit und reichte eins Paula. Dann setzte sie sich auf den Küchentisch.

»Cheers.«

»Cheers.«

Paula baute sich in aufreizender Pose vor ihr auf.

»Wie geht's deinem Mäuschen?«, fragte Sandy. Sie fuhr mit einer Hand unter Paulas Kleid und streichelte Paulas Muschi. Paula trug, wie so häufig, keinen Slip.

»Es hat wie immer große Sehnsucht nach dir, Liebste.«

»Und wie ich sehe, ist es frisch rasiert.«

»Nur für dich, mein Schatz.«

Sandy spreizte die Beine. Während ihre linke Hand weiterhin über Paulas Muschi streichelte, packte sie mit der rechten Paulas Hintern und zog sie an sich.

Ihre Münder berührten sich. Intensive Zungenküsse brachten sie schnell in Stimmung.

Dann konnte Paula nicht länger an sich halten. Sie musste ihrer Freundin von der Transe erzählen. Wie sie sie zunächst gefistet und dann in den Arsch gefickt hatte.

Sandy stand der Mund offen, als Paula geendet hatte. »Ich hab's noch nie mit 'ner Transe getrieben«, sagte sie. »Aber das sind doch eigentlich Männer.«

»Nein, das können auch Frauen sein«, klärte Paula sie auf. »Ich musste mich auch erst im Internet schlau machen. Transsexuelle gehören bei ihrer Geburt körperlich eindeutig dem männlichen oder weiblichen Geschlecht an, empfinden sich jedoch schon frühzeitig als Angehörige des jeweils anderen Geschlechts. Irgendwann streben sie danach, sich dem anderen Geschlecht so gut wie möglich auch körperlich anzunähern.«

»Und deine Antonia?«

»Die ist natürlich ein Mann, der sich als Frau fühlt. Sie hat wahrscheinlich Unmengen an weiblichen Hormonen zu sich genommen, jedenfalls hat sie einen fantastischen weiblichen Körper mit Boobies, dass dir die Spucke wegbleibt.«

»Aber der Schwanz ist erhalten geblieben.«

»Klar. Das war ein Wahnsinnsteil. Antonia hat mich damit so was von geil durchgebumst, dass es mir mehrere Male kam.«

»Ich muss Antonia kennenlernen!«, rief Sandy aus.

Sie hüpfte vom Tisch runter und zog sich schnell ihren BH und die Hotpants aus. »Ich glaube, ich laufe aus.«

Paulas Erlebnis hatte sie maßlos erregt. Dann setzte sie sich splitterfasernackt auf den Tisch, lehnte sich zurück und zog die Beine an. »Leck mich!«

Paula musste grinsen, weil es endlich mal etwas gab, mit dem sie Sandy einen Schritt voraus war. Dann hockte sie sich zwischen ihre Beine und leckte sie mit großem Genuss.

»Ich halte es nicht mehr aus«, stöhnte Sandy irgendwann. »Ich werde gleich wahnsinnig. Komm!« Sie rutschte vom Tisch und wankte ins Schlafzimmer. Paula folgte ihr.

»Ich brauche was Weiches unterm Arsch«, sagte Sandy und fiel ins Bett. Sie zog die Nachttischschublade auf und holte eine Tube »Anal Lube« hervor.

Fast wahnsinnig vor Geilheit, schraubte sie die Tube auf und schmierte sich beide Löcher mit Gleitgel ein.

Paula fistete zunächst ihre Fotze, zuerst ganz langsam, dann mit immer tieferen und heftigeren Stößen und, nachdem ihre kleine Hand fast vollständig darin verschwunden war, fistete sie zusätzlich Sandys Arsch. Das wurde zwar nach kurzer Zeit ziemlich anstrengend, aber Sandys multipler Orgasmus und ihr unbändiges Gebrüll entschädigten sie umso mehr.

***

Einen Tag nachdem der spektakuläre »Sun«-Artikel erschienen war, gab es für Marc eine weitere Überraschung. Er saß gerade an seinem Schreibtisch, als ihm Svenja die Post hereinreichte. Unter den Rechnungen und der Werbung befand sich auch ein Brief, der schon rein äußerlich auf einen gediegenen Absender schließen ließ.

Marc öffnete ihn neugierig und war über den Inhalt mehr als erstaunt. In völlig übertriebenen Floskeln wurde seine gesellschaftliche Stellung betont sowie die Ehre, die er dem Absender mit seiner Aufwartung erweisen würde.

Es war eine Einladung zu einer Gartenparty.

Unterschrieben von Viktor Burjakin.

Er rief auf der Stelle Lady Gladys an. »Stell dir vor, wer mich gerade zu einer Gartenparty eingeladen hat.«

»Wer?«

»Viktor Burjakin.«

»Das wundert mich ehrlich gesagt nicht. Wenn man die Denkart eines Mr Burjakin kennt, ist eine solche Einladung eigentlich die logische Konsequenz. Wirst du seiner Einladung folgen?«

»Weiß noch nicht.«

»Geh da hin, sag ich dir. Vielleicht erfährst du etwas, was uns weiterbringt. Hat deine russische Agentin schon was rauskriegen können?«

»Ivana? Nein. Sie wird mich anrufen, sobald sie etwas weiß.«

»Gut ... Bist du heute Abend schon verplant?«

»Nein.«

»Dann kommst du heute Abend zu mir. Zum Abendessen. Ich bin dir eine Revanche schuldig.«

***

Diesmal war Marc pünktlich.

Lady Gladys bewohnte eines der schicksten Palais', die es in Kensington überhaupt gab. Ihre Wohnung strahlte trotz ihrer Geräumigkeit große Behaglichkeit aus. Es wimmelte von teuren Antiquitäten und Designermöbeln. Eine Palette warmer Cremefarben, eine ochsenblutrot gestrichene Wand, nicht zu elegant und nicht zu modern, und jede Menge Vitrinen mit kostbarer frühamerikanischer Kunst verbreiteten eine Atmosphäre, in der man sich auf Anhieb wohlfühlte.

Sie trug ein eng anliegendes, champagnerfarbenes Kleid mit einem tiefen Ausschnitt und Highheels.

Marc hatte sich ebenfalls in Schale geworfen. Er erschien in einem exzellent geschnittenen italienischen Anzug, sehr salopp und trotzdem elegant. In dieser Aufmachung hätten die beiden gut und gern das Titelblatt einer noblen Modezeitschrift zieren können.

Aus der Küche zog köstlicher Bratenduft herüber.

Nach einem kleinen Aperitif setzten sie sich an den fein gedeckten Tisch.

»Wenn du also bislang der Auffassung warst«, begann Lady Gladys, »die Nobility halte sich nur in Edelrestaurants auf, wirst du heute eines Besseren belehrt. Ich habe für dich gekocht, mein Lieber!«

»Ich fühle mich sehr geehrt.«

»Zündest du bitte die Kerzen an?«

Nach einer Reihe kleiner erlesener Vorspeisen sagte Lady Gladys: »Erzähl mir etwas von dir. Wie geht es deiner Schwester?«

»Ihr Mann hat sich von ihr getrennt. Sie macht eine schlimme Zeit durch.«

»Ihr steht euch sehr nahe, habe ich recht?«

Marc zog verlegen die Schultern hoch. Lady Gladys hatte etwas Wissendes im Blick, das ihn irritierte. Vielleicht bildete er sich das aber auch nur ein. Vielleicht hatte sie nur eine unbestimmte Ahnung.

»Ja, du hast recht«, sagte er schließlich, »Brittany und ich stehen uns sehr nahe.«

»Randolph und ich stehen uns auch sehr nahe.«

»Das ist nicht bei allen Geschwistern so.«

»Die meisten Geschwister haben auch keine Erfahrungen in Dingen gemacht, wie sie Randolph und mir widerfahren sind.«

»Das heißt?«

Lady Gladys winkte ab. »Schenk mir bitte noch etwas Wein ein.«

Nach dem Hauptgericht schob sie eine NorahJonesCD in den Player. Der sanfte Kerzenschimmer und die erotisierende Stimme der Amerikanerin taten rasch ihre Wirkung. Lady Gladys war inzwischen mehr als nur angeheitert.

»Erzählst du mir jetzt etwas über deinen Bruder?«, fragte Marc.

Sie lächelte sanft. »Nur, wenn du mir den Rücken massierst.«

Das ließ sich Marc nicht zweimal sagen. Er erhob sich und trat hinter ihren Stuhl.

Er zog den Reißverschluss ihres Kleides ein Stückchen weit auf und massierte ihre Nackenpartie sanft mit den Daumen.

»Meine frühesten Erinnerungen reichen immer bis zu einer bestimmten, stets verschlossenen Tür im elterlichen Schloss zurück ... Wie alle alten Schlösser verfügt auch Tottenham Castle über eine Vielzahl unterirdischer Gewölbe und Verliese.

Die meisten waren für uns Kinder frei zugänglich, aber es gab eine Tür, die grundsätzlich verschlossen war. Wir waren natürlich schrecklich neugierig und nur darauf versessen, endlich zu erfahren, was sich wohl hinter dieser einen schweren Tür verbarg. Eines Tages, ich war sechzehn und Randolph zweiundzwanzig, waren unsere Eltern verreist. Unser Vater hatte den Schlüssel versehentlich stecken lassen. Wahrscheinlich waren die Reisevorbereitungen daran schuld, dass er es vergessen hatte. Mit klopfendem Herzen betraten wir dieses unbekannte Reich ...«

Marc zog ihren Reißverschluss ein Stückchen weiter auf, um den Bereich seiner Massage auszudehnen.

Lady Gladys bekam das gar nicht mit. Mit in sich gekehrten Augen fuhr sie fort. »Als wir Licht machten, stockte uns der Atem. So etwas hatten wir noch nie in unserem Leben gesehen. So etwas hätten wir auch nie für möglich gehalten. Heute würde man sagen, es war ein BDSM-Keller. Aber es war natürlich mehr als das ... Es gab Couchen, Sessel, Liegewiesen, eine riesige Bar und eben all das übliche Equipment. Und noch viel, viel mehr. Der Fußboden war mit den teuersten Teppichen ausgelegt ... Und dann ...«

Sie zögerte.

»Und dann?«, fragte Marc nach einer Weile.

»Dann zog ich die Schublade eines alten Schreibtisches auf. Ich fand einen Stapel Fotos, die unsere Eltern bei einer Gruppensexparty zeigten. Ich sah Fotos von meiner Mutter, wie sie sich, in eine Lederkorsage geschnürt, am Andreaskreuz auspeitschen ließ. Ich sah Fotos von meinem Vater, wie er meiner Tante gerade seinen Samen ins Gesicht spritzte. Ich sah zig kopulierende Pärchen in allen möglichen Stellungen ... Ich war wie von Sinnen. Ich kann mich nicht erinnern, später jemals wieder eine solche Erregung verspürt zu haben wie an jenem Tag, da ich diese Fotos erblickte ... Randolph stand direkt neben mir, und ich zeigte ihm die Fotos. Er war sofort total außer sich. Eine rasende Erregung befiel uns. Wortlos fielen wir übereinander her, und wir liebten uns noch dort unten im Keller ... Randolph war der Mann, der mich entjungfert hat.«

Marc zog ihren Reißverschluss bis unten durch. Seine Hände massierten jetzt ihren gesamten Rückenbereich.

Lady Gladys fuhr fort: »Wir hatten ja beide nicht die geringsten sexuellen Erfahrungen, und so taten wir einfach nur das, was wir an jenem Tag tun mussten. Wir fickten und fickten und fickten. Wir fickten, bis wir beide nicht mehr konnten. Ich erinnere mich noch gut daran, wie Randolph mir sagte, er habe gerade zum siebten Mal abgespritzt ...«

»Blieb es bei diesem einen Mal, oder hattet ihr danach noch mal Sex?«

»Ich hatte mir damals geschworen, dass es bei diesem einen Mal bleiben sollte, egal wie geil ich wäre. Aber nach fünf Jahren, ich war inzwischen einundzwanzig geworden, wollte ich unbedingt mal Analsex ausprobieren. Meinen damaligen Freund traute ich mich nicht zu fragen. Deshalb verführte ich Randolph. Und Randolph war es dann auch, der meinen Arsch entjungfert hat.«

»Und ihr hattet nie etwas von den Sexpartys eurer Eltern mitgekriegt?«

»Wie denn? Die meiste Zeit befanden wir uns ja auf privaten Eliteschulen. Und das Personal hatte jedes Mal frei bekommen, wenn's da unten zur Sache ging.«

Lady Gladys erhob sich langsam aus ihrem Stuhl. Marc ließ sofort von ihr ab. Sie drehte sich zu ihm um, und er sah, dass ihre Augen glänzten. Er nahm sie in den Arm, und sie küssten sich. Dann streifte er ihr das Kleid ab. Sie trug keinen BH und nur einen Hauch von Slip.

Als sie sich von ihm löste und nackt ins Schlafzimmer wankte, sah er ihr erregt hinterher. Ihr schneeweißer Hintern bestand aus einem Paar perfekt geformter Kugeln.

Dann folgte er ihr, und während sie sich bereits lüstern in

den Laken räkelte, zog er sich aus. Sie tauschten zahlreiche Zärtlichkeiten aus – sie schmeckte unglaublich gut!

Dann sagt sie: »Ich mach's mir am liebsten selbst, hab dann aber auch gleichzeitig gern was im Po. Ich hoffe, das ist kein Problem für dich.«

»Ganz und gar nicht«, sagte Marc.

»Gut«. Sie zog die Schublade ihres Nachttisches auf. »Hier ist das Gleitgel.«

Während Marc ihre Rosette präparierte, legte sie sich auf die Seite. Sie wollte ihm einen optimalen Zugang verschaffen. Als er seine Eichel vorsichtig gegen ihren Anus drückte, jaulte sie kurz auf. Dann knetete sie mit der einen Hand ihre Brüste, mit der anderen massierte sie ihren Kitzler. Es genügten wenige Stöße, während derer er immer tiefer in sie eindrang, und sie kam.

Ihr Körper zuckte heftig zusammen, mehrmals, dabei stieß sie animalische Laute aus. Als sie auf dem Höhepunkt war und Marc die volle Ladung in ihren Darm spritzte, bäumte sie sich kurz auf, um sich anschließend zu fötaler Haltung zusammenzukrümmen.

Eine ganze Weile lag sie so da.

Irgendwann ging sie ins Bad. Sie ließ Wasser in die Wanne laufen und goss reichlich von einem sündhaft teuren Badeöl dazu. Und als Marc später hinzukam, forderte sie ihn auf, sich zu ihr in die Wanne zu legen.

»Ich mache grundsätzlich, was ich will«, sagte sie. Ihre Wangen glühten immer noch. »Das ist wahrscheinlich der Hauptgrund, weshalb die Männer nicht lange bei mir bleiben.«

***

Als Marc gegen zwei Uhr morgens wieder in seinen Wagen stieg, dachte er an seine Schwester Brittany. Sie hatte sich weder bei ihm gemeldet noch hatte er sie erreichen können. Sie reagierte weder auf seinen Anruf noch auf seine SMS. Vielleicht war Kieran zurückgekehrt und hatte ihr etwas angetan. Er machte sich Sorgen. Er beschloss, den morgigen Tag noch abzuwarten und dann einfach zu ihr zu fahren.

***

»Wie, du kannst am Samstag nicht kommen?« Nicole du Barry war ganz außer sich.

»Nicole, es geht wirklich nicht«, sagte Marc.

»Na, hör mal. Alle haben zugesagt, sogar Sandy.«

»Ich weiß, aber ich sagte ja schon ...«

»Dass Lady Gladys dir wichtiger ist als deine besten Freunde? Nein, das hast du mir noch nicht gesagt, aber das liegt doch auf der Hand, oder? Wie bist du überhaupt an die gekommen?«

»Nicole, es gibt in meinem Beruf auch so etwas wie eine Schweigepflicht.«

»Na gut, mon cher, ich will nicht weiter insistieren, aber eins ist mir klar: Wer eine so herrliche Abspritzparty, wie wir sie am kommenden Samstag wieder in unserer ›VögelBar‹ feiern, freiwillig boykottiert, muss über eine noch viel bessere Alternative verfügen.«

»Nicole! Noch mal: Unsere Partys bedeuten mir wirklich sehr viel. Aber diesmal geht es nicht, okay?«

»Okay.«

Das Telefonat war beendet.

***

Nachdem Brittany sich den ganzen Tag über nicht bei ihm gemeldet hatte, setzte Marc sich gegen fünfzehn Uhr in seinen Wagen und fuhr raus nach Camden. Auf seiner Stirn zeichneten sich Sorgenfalten ab.

Ihr Wagen stand vor der Garage, also war sie wahrscheinlich auch zu Hause. Kaum war er ausgestiegen, kamen die Erinnerungen zurück. Der Sex mit seiner Schwester lag erst wenige Tage zurück. Das war schon ein komisches Gefühl. Ein schlechtes Gewissen hatte er deshalb aber nicht. Schließlich war es Brittany gewesen, die ihn verführt hatte. Trotzdem dürfte nie jemand davon erfahren.

Er wollte gerade an der Haustür klingeln, als er es sich anders überlegte. Er nahm den kleinen Weg, der seitlich am Haus entlangführte, und ging in Richtung Garten.

Seine Intuition hatte ihn nicht getäuscht. Brittany lag im Bikini auf einer Liege und sonnte sich. Eigentlich machte sie einen ziemlich relaxten Eindruck.

Du raffiniertes Luder, sagte er sich. Aber ihr jetzt bloß keine Vorhaltungen machen und dadurch den eigenen Status schwächen.

Eine Frau, die einen Mann sexuell begehrte, machte mit ihm grundsätzlich das, was Marc einen *Shit-Test* nannte. Ein *Shit-Test* verfolgte vorrangig das Ziel, den Mann zu verunsichern, ihn aus seinem Frame zu stoßen, ihn mit kleinen Nadelstichen aus dem Gleichgewicht zu bringen.

Sich beim Bruder nicht zu melden, war eindeutig ein solcher *Shit-Test*, ein kindisches Spielchen, mit dem sie seine sexuelle Attraktivität auf die Probe stellen wollte. Sie wollte ihn auf die Palme bringen, ihm Schuldgefühle bereiten, weil er auch mit anderen Frauen Sex hatte.

Der Grund lag auf der Hand. Sie war rasend eifersüchtig, weil sie das Foto von Lady Gladys und ihm in der »Sun« gesehen hatte. Gleichzeitig war er durch dieses Foto in ihrer Achtung stark gestiegen. Aber das war ihr natürlich nicht bewusst. Denn je mehr tolle Frauen einen Mann umgaben, desto attraktiver wurde er für andere Frauen. So tickten die Frauen nun mal.

Sich nicht bei ihm zu melden, bedeutete nur eines: Er hatte für Brittany wahnsinnig an Attraktivität gewonnen.

»Hi«, sagte er.

Sie schreckte auf. »Was tust du denn hier?«

»Wollte nur mal sehen, wie's dir geht.«

»Wie soll's mir schon gehen.«

»Gut, denke ich, schließlich hattest du sehr guten Sex mit mir.«

»Ach, hör auf.«

Er schnappte sich eine freie Sonnenliege von der Terrasse

und legte sich neben sie. »Möchtest du mir nicht einen Drink anbieten?«, fragte er.

»Hol dir doch selber einen, du weißt doch, wo alles steht.«

»Hör mal, entweder du fängst jetzt an, dich wie ein normaler Mensch zu benehmen oder ich gehe.«

»Du kannst doch gehen.«

Marc lächelte. »Das hab ich Frauen schon glaubwürdiger sagen gehört.«

Marcs lockere Art flößte ihr Respekt ein. Ihre selbstbewusste Fassade fing an zu bröckeln.

»Marc, du bist ein Arschloch.«

»Da hast du recht. Ich bin wirklich ein Arschloch ...«

»Aber ein ziemlich attraktives.« Sie lachte.

Dann legte sie sich auf die Seite und wandte sich ihm zu. Sie stützte ihren Kopf mit einer Hand ab. Mit der anderen Hand strich sie langsam über seinen Oberschenkel.

»Du fickst wirklich verdammt gut«, sagte sie.

Marc fühlte, wie er einen Steifen bekam. »Was ist nun mit meinem Drink?«, fragte er.

Sie sprang auf. »Moment, ich hole dir einen.«

Na also, dachte Marc, *geht doch.*

Kurz darauf kam sie mit einem Scotch on the Rocks zurück. Während sie ihm das Glas reichte, setzte sie sich auf ihn.

»Nicht, dass die Liege zusammenkracht«, sagte Marc.

»Keine Sorge, die hält das aus.«

Er nahm einen Schluck, dann stellt er das Glas auf dem Rasen ab. »Komm her, du Miststück«, sagte er schließlich. Er packte sie am Nacken und zog sie zu sich herab.

Sie knutschten wie zwei Verliebte.

Dann ließ Brittany von ihm ab. Sie erhob sich, hockte sich neben ihn und öffnete ihm Gürtel und Reißverschluss.

In ihrem Mund schwoll sein Schwanz schnell zur vollen Größe an. Sie war eine wirklich geschickte Schwanzlutscherin. Während er ihr übers Haar streichelte, das von dem gleichen dunklen Braun war wie sein eigenes, genoss er ihre Zungenfertigkeit.

Dann fuhr er ihr zwischen die Beine, zog ihr Bikinihöschen zur Seite und massierte ihre geschwollenen Schamlippen.

Sie stöhnte auf.

Als sie es nicht mehr aushielt, setzte sie sich auf ihn und ritt ihn. Nach einer Weile wechselten sie die Stellung. Brittany wollte von hinten genommen werden. Sie kniete auf dem Rasen und wandte ihm ihren Hintern zu. Mit den Armen stützte sie sich auf der Liege ab. Sie atmete schwer, und es dauerte nicht lange, bis ihr Atem in lautes Stöhnen überging. Als sie kam, röhrte sie wie ein brünstiger Hirsch.

Marc blieb noch eine Weile in ihr. Er fickte sie langsam und methodisch, zog seinen Schwanz ganz heraus, nur um ihn kurz darauf wieder bis zum Heft hineinzustoßen. Als er seinen eigenen Orgasmus nahen fühlte, packte er sie fest an den Haaren und warf sie herum. Instinktiv öffnete sie ihren Mund und streckte die Zunge heraus. Marc wichste sich ein paar Mal, dann spritzte er ihr die volle Ladung ins Gesicht. Zwei Spritzer landeten direkt in ihrem Rachen, einer ging quer über ihr Gesicht. Sie wartete, bis die Suppe langsam herunterlief und schließlich ihren Mund erreichte.

Gierig leckte sie alles auf.

***

Endlich Samstag. Der Tag der Gartenparty. Natürlich hatte Marc dem Russen zugesagt. Nicht nur, weil Lady Gladys ihm dazu geraten hatte, sondern weil er langsam neugierig wurde. Vorher hatte er noch versucht, Ivana telefonisch zu erreichen, um sich von ihr auf den neuesten Stand bringen zu lassen, aber sie hatte ihr Handy ausgeschaltet.

Die Sonne stand schon relativ tief am Himmel, als er in Richtung Chelsea aufbrach. Noch immer war es sehr warm.

Die Villa von Viktor Burjakin war von beeindruckenden Dimensionen, umgeben von einem wunderschönen Park. Marc fuhr eine lange, von vielen Nobelkarossen gesäumte Auffahrt hoch, an deren Ende ihn Sicherheitsleute in Empfang nahmen. Nachdem er seine Einladung vorgezeigt hatte und seine Identität bestätigt war, kam ihm ein grobschlächtiger Bauer mit ausgebreiteten Armen entgegen.

»Mr Feldman, was für eine Ehre, Sie in meinem bescheidenen Haus begrüßen zu dürfen.«

»Die Ehre ist ganz meinerseits, Mr Burjakin.«

Als er ihm die Hand zur Begrüßung reichte, hatte Marc das Gefühl, seine Hand in eine Baggerschaufel zu legen. Wenn man diesen Typen mit Halbglatze vor seinem prächtigen Anwesen sah, wurde einem schnell klar, dass er nur durch eine ausgewogene Mischung aus Bauernschläue und Brutalität so reich geworden sein konnte.

Burjakin führte Marc durch das riesige Foyer in den Garten hinaus und machte ihn mit allen Gästen bekannt, die ihnen gerade über den Weg liefen. Viele Köpfe drehten sich nach Marc um.

Bei der Wahl der passenden Garderobe hatte sich Marc anfangs schwergetan, aber dann hatte er sich doch für seinen elegantesten und teuersten Sommeranzug entschieden. Dazu trug er ein eng anliegendes weißes Hemd. Diese Entscheidung war absolut richtig gewesen, denn er sah sofort, dass er keinesfalls overdressed war. Nahezu alle Gäste waren sehr gut gekleidet, vor allem die Frauen. Sie sahen zudem sehr gut aus. Die Blondinen überwogen. Hübsche junge Frauen mit weißen Schürzen und weißen Häubchen auf dem Kopf staksten mit Silbertabletts voller Champagnergläsern umher und ließen sich von alten Säcken in den Arsch kneifen, was sie zum Kichern brachte.

Burjakin führte seinen Gast umher, als handelte es sich bei ihm um den Star des Abends. Sollte ihm das Foto in der »Sun«, in das man alles Mögliche hineininterpretieren konnte, tatsächlich über Nacht einen solchen Nimbus verschafft haben?

Marc unterhielt sich gut. Es waren nur sehr wenige Engländer anwesend. Das Gros der Gäste bestand aus Russen. Dass auch ein Astrologe auf der Gästeliste stand, amüsierte sie. Vor allem die weiblichen Gäste baten ihn um ein spontanes Horoskop, wobei sie das Erwähnen ihres Geburtsjahrs tunlichst vermieden. Marc schlug sich mehr recht als schlecht. Die ersten beiden Stunden verflogen im Nu. Als die Dämmerung hereinbrach, wurden die Lampions angezündet. Passende Musik wurde aufgelegt, und einige Pärchen tanzten.

Er hatte gerade eine etwas reifere russische Blondine zum Lachen gebracht, als das Mädchen in der himbeerfarbenen Hose vorbeikam. Der Blick ihrer grünen Augen traf Marc wie ein warmer Regenschauer. Sie trug Highheels, die die Länge ihrer Beine hervorhoben und gleichzeitig ihren Hintern strafften.

Sie lächelte ihn an.

In diesem Moment war die CD zu Ende, und es wurde still. Aus einem der geöffneten Fenster im ersten Stock war das Stöhnen eines Mannes und einer Frau zu hören. Unschwer zu erraten, was sie gerade taten.

»Recht freizügig hier«, bemerkte Marc mit einem verschmitzten Lächeln. »Finden Sie nicht?«

»Wir Russen sind ein geselliges Volk«, lachte die Schöne. »Das Leben ist zu kurz, um es mit veralteten Moralvorstellungen einzutrüben.«

»Da mögen Sie recht haben«, sagte er und versuchte, ihr Alter einzuschätzen. Sie wirkte reif und klug. Zwanzig, sagte er sich, höchstens zweiundzwanzig.

Zufälligerweise kam gerade Viktor Burjakin vorbei.

»Eijeijei, was für ein interessantes Paar«, scherzte er. »Habt ihr euch denn schon miteinander bekannt gemacht?«

»Wir waren gerade dabei, Papa«, sagte sie leicht gereizt.

»Das ist Jekaterina, meine Tochter. Sie ist mein ganzer Stolz.«

»Nennen Sie mich bitte Kitty«, sagte Jekaterina.

»Angenehm. Marc Feldman.«

Marc und Kitty hatten sich eine Zeit lang angeregt unterhalten und intensiv miteinander geflirtet. Irgendwann sprang der Funke der erotisierenden Atmosphäre auf sie über.

»Kommen Sie, ich möchte ein wenig mit Ihnen spazieren gehen«, sagte Kitty.

»Sehr gern.«

Sie stellten ihre Gläser ab und schlenderten durch den riesigen Garten. Je weiter sie sich von den Lampions entfernten, desto dunkler wurde es. Nach fünfzig Yards wurde die Bepflanzung so dicht, dass sie den Blicken der anderen vollkommen entzogen waren.

Als sie zu einem Gartenhäuschen kamen, warf Kitty sich ihm an den Hals und küsste ihn. »Du bist ein Wahnsinnstyp. Du gefällst mir sehr.«

»Hey, hey, hey ...«, beschwerte sich Marc, »das geht mir aber ein bisschen sehr schnell.« Er drückte sie scherzhaft von sich weg.

Aber schon hatte sie ihren kleinen Schmollmund wieder auf den seinen gepresst. »Komm, lass uns da reingehen«, sagte sie. »Da stört uns keiner.«

Fast wäre er ihrer Aufforderung gefolgt, denn ihre Küsse hatten ihn wirklich scharf gemacht. Es war allein sein Instinkt, der ihn davon abhielt. »Was wird denn dein Daddy dazu sagen, wenn er uns hier erwischt, hm? Außerdem gefällt es mir hier draußen bedeutend besser.«

Kitty ließ nicht locker. Sie drückte ihn gegen eine Wand des Gartenhäuschens. Dann rieb sie sich an ihm, bis er eine harte Latte bekam. Wortlos ging sie in die Hocke, öffnete ihm die Hose und lutschte ihn. Marc sah ihr dabei zu und ließ es geschehen. Ohne Vorwarnung spritzte er ihr die volle Ladung in den Mund, die sie völlig überrumpelt runterschluckte.

Sie stand auf und bekam einen längeren Hustenanfall. Als sie sich wieder halbwegs beruhigt hatte, sah sie ihn völlig entgeistert an: »Was war das denn?«

»Das war meine erstklassige Schwanzsahne. Das passiert mir

immer, wenn sich vorlaute Gören ungefragt etwas nehmen. Bist wohl noch ziemlich unerfahren, was?«, witzelte Marc.

Sie sah ihn mit einem vieldeutigen Blick an.

***

Am folgenden Sonntagmittag erhielt Marc einen Anruf von Lady Gladys, die ihre Neugier nicht mehr bezähmen konnte.

»Na, wie war's?«, fragte sie.

»Es war schön. Aber auch nichts Außergewöhnliches. Eine ganz normale Gartenparty eben. Es waren fast nur Russen da.«

»Und sonst nichts?«

»Nein.« Von seinem kleinen Erlebnis mit Burjakins Tochter erwähnte er selbstverständlich keine Silbe.

»Was ist er denn für ein Typ?«

»Ein grobschlächtiger Bulle. Niemand, dem man gern im Dunkeln begegnen würde.«

»Hat er dich ausgefragt?«

»Nein.«

»Hast du dich überhaupt mit ihm unterhalten?«

»Natürlich.«

»Und worüber habt ihr gesprochen?«

»Über Politik. Burjakin ist der Überzeugung, dass der Premierminister ein Arschloch ist.«

»Hm ... Und deine russische Spionin? Hat die sich inzwischen bei dir gemeldet?«

»Nein. Ich habe sie mehrmals angerufen, aber ihr Handy ist ständig ausgeschaltet. Ich schreibe ihr jetzt mal eine SMS.«

»Okay, tu das. Und ruf mich bitte sofort an, wenn du etwas erfährst, ja?«

»Na klar.«

***

Ivana arbeitete seit genau zwei Wochen in Burjakins Etablissement. Dabei hatte sie sich die ganze Zeit über strikt an Marcs Anweisung gehalten, sich unter gar keinen Umständen einer Gefahr auszusetzen.

Im »Shestnadzat« verkehrten, wie Ivana schnell herausfand, sehr viele Promis, darunter jede Menge Russen. Da sie selbst eine Zeit lang als Edelnutte im »SoixanteDouze«, dem Club von Nicoles ermordetem Mann, gearbeitet hatte, erkannte sie den einen oder anderen Gast sogar wieder.

Bereits an ihrem ersten Arbeitstag hatte sie die neunzehnjährige Loreen kennengelernt. Loreen war ein hübsches Mädchen mit langem hellblondem Haar, Ponyfrisur und einem kleinen festen Po. Die beiden Mädchen waren sich auf Anhieb sympathisch und hatten sich schnell angefreundet.

Es verband sie auch die Tatsache, dass sie im »Shestnadzat« ständig in Schulmädchenuniform herumlaufen mussten. Burjakin selbst hatte sie dazu verdonnert. »Ihr zwei seht verdammt jung aus, deshalb zieht ihr euch eine Schuluniform an. Da stehen unsre Gäste drauf.«

Es war in der Nacht von Sonntag auf Montag. Montags hatte das Etablissement immer geschlossen. Die Mädchen hatten einen freien Tag und konnten lange ausschlafen. Loreen hatte inzwischen großes Vertrauen zu Ivana, und beim Verlassen des »Shestnadzat« fragte sie sie, ob sie Lust hätte, mit zu ihr zu kommen.

In Loreens kleiner Wohnung gingen die Mädchen zuerst duschen, dann legten sie sich in Loreens großes Bett. Eigentlich waren sie hundemüde und wollten nur schlafen.

»Ich muss dir etwas sagen«, begann Loreen schließlich.

Ivana lächelte. Sie rechnete damit, dass Loreen jetzt Sex von ihr wollte. Das wäre vollkommen okay. Aus diesem Grund war sie ja auch mitgegangen.

»Was hältst du eigentlich von Kitty?«, fragte Loreen.

»Burjakins Tochter?«

»Weißt du, wie alt sie ist?«

»Keine Ahnung. Sie wirkt sehr reif, sieht aber noch ziemlich jung aus. Zwanzig? Zweiundzwanzig?«

»Sie ist fünfzehn.«

»Was? Und dann arbeitet sie im ›Shestnadzat‹? Das ist doch

gar nicht erlaubt!«

»Natürlich nicht. Eigentlich dürfte ich es dir nicht erzählen, aber ich muss einfach.«

»Schieß los!«

»Kitty lässt sich regelmäßig von ihrem Vater ficken.«

»Nein!«

»Glaub mir, er fickt seine Tochter regelmäßig in den Arsch, und sie steht drauf.«

»Bist du dir da sicher?«

»Ganz sicher. Und das ganze Personal weiß es. Die beiden machen kein Geheimnis daraus. Und wenn Daddy mal zu betrunken ist, um seine Tochter anal zu verwöhnen, kriegt sie gleich schlechte Laune. Richtig bösartig wird sie dann. Ich habe das selbst erlebt. Sie hat ihren Vater völlig in der Gewalt. Die Wahrheit ist: Nicht der Vater fickt eine Minderjährige, sondern eine Minderjährige vergewaltigt ihren Vater.«

»Das hört sich unglaublich an«, gab sich Ivana empört. Als Russin wusste sie natürlich so einiges über das Treiben ihrer Landsleute. Vor allem bei der bildungsschwachen ländlichen Bevölkerung ging es teilweise drunter und drüber.

»Ich weiß«, sagte Loreen. »Und trotzdem ist es wahr. Kitty überflügelt ihren Dad um Längen. Und wenn man sich bewusst macht, dass sie erst fünfzehn ist, dann kann man sich vorstellen, wozu sie erst fähig sein wird, wenn sie mal erwachsen ist ... Burjakin macht sich vorzugsweise an reiche männliche VIPs heran. Er bringt sie in äußerst verfängliche Situationen, um sie anschließend erpressen zu können. Kitty fungiert dabei als seine wichtigste Komplizin.«

Ivana pfiff hörbar durch die Zähne. So lief der Hase also. Sie musste sich dringend mit Marc treffen und ihn über alles informieren.

***

Sie trafen sich noch am selben Tag gegen achtzehn Uhr in einem kleinen Bistro in der Nähe von Marcs Büro. Ivana schilderte ihm zunächst ihren Eindruck von dem Etablissement.

»Man trifft dort außer der Londoner Society auch allerhand schräge Typen. Gelegentlich ist auch mal ein bisschen Koks im Umlauf, und wenn man dringend eine nicht registrierte Waffe benötigt, wird man im ›Shestnadzat‹ garantiert fündig.«

Ihre Schilderung kam für Marc nicht überraschend. Er hatte etwas in der Art sogar erwartet.

Als sie allerdings auf das Verhältnis zu sprechen kam, das Burjakin angeblich zu seiner Tochter unterhielt, wurde er weiß wie die Wand.

»Das kann ich einfach nicht glauben«, sagte er.

»Mir scheint, du bist etwas naiv, lieber Marc. Genaue Zahlen kenne ich zwar nicht, aber ich schätze mal, dass jeder zweite russische Bauer seine heranwachsende Tochter regelmäßig fickt. Auf dem Land kräht kein Hahn danach, und die Mädchen schweigen oder halten das für normal, weil es praktisch in jeder zweiten Familie so ist. Es sind die Väter, die ihre Töchter verderben. Und wenn sie erst mal auf den Geschmack gekommen sind, wollen sie nichts anderes mehr ... Und Russland bildet noch nicht einmal die Spitze des verderblichen Treibens. Was meinst du, was erst im Orient los ist oder bei den brasilianischen Mädchen ...«

Marc sprach an diesem Abend sehr wenig. Ivanas Bericht musste man erst mal verdauen.

Zu Hause angekommen, stellte er sich lange unter die heiße Dusche. Dann schob er eine Lasagne in die Mikrowelle und dankte dem Himmel, dass er dieses kleine russische Luder nicht gefickt hatte.

***

Lady Gladys reagierte auf seinen Bericht vollkommen ruhig. »Das ist auch die einzige Erklärung, die mir halbwegs plausibel erscheint. Randolph hat dieses kleine Miststück gefickt. Burjakin hat heimlich Fotos machen lassen, und nun erpresst er Randolph. Anders kann es eigentlich gar nicht sein. Was meinst du?«

»Keine Ahnung. Kaum vorstellbar, dass eine Fünfzehnjährige schon so drauf ist.«

»Nun sei doch bitte nicht so naiv, Marc. Heutzutage zelebrieren die Teenies mit dreizehn ihre ersten GangbangPartys. Jede zweite Sechzehnjährige hatte schon mal einen Schwanz im Arsch stecken.«

Marc schluckte. Dass er naiv war, hatte ihm auch schon Ivana vorgehalten.

***

Was die Ereignisse der letzten Tage betraf, hatte Marc von Frauen erst mal die Nase voll. Er hatte schließlich auch männliche Freunde. Es wurde Zeit, dass er sich mal wieder mit Eric verabredete.

Eric war eindeutig sein bester Freund. Er war sein Anwalt und sein Tennispartner. Und es gab so gut wie kein Geheimnis, das er nicht mit Eric teilte.

Marc hatte sich sehr darüber gefreut, als Eric das Krankenhaus wieder verlassen konnte. Eric war vor einigen Wochen die Treppe zu seinem Weinkeller hinuntergestürzt und hatte sich dabei ein paar fürchterliche Knochenbrüche zugezogen. Während er das Krankenhausbett hüten musste, hatte seine geile Gattin Paula heimlich an einem Clubnachmittag in Nicoles Keller teilgenommen und es sehr genossen. Eric dürfte davon natürlich niemals erfahren. Andererseits hatte Paula keinen blassen Schimmer, dass Eric längst eingeschriebenes Mitglied in Marcs »VögelBar« war.

Eric war das einzige verheiratete Mitglied in diesem höchst frivolen Geheimclub und deshalb mehrfach gehandicapt. Da die Partys immer an einem Samstagnachmittag begannen und erst am frühen Sonntagmorgen endeten, musste er sich häufig einschränken und meistens gegen achtzehn oder neunzehn Uhr wieder bei Paula sein.

»Lass uns mal wieder ein richtig schönes Steak essen, Eric. Ohne Frauen. Ich lade dich ein.«

Eric lachte. »Das ist mal ein Wort! Dann lass uns heute Abend ins ›Boisdale‹ gehen.«

Das »Boisdale« war eindeutig Londons bestes Steakhouse.

»Du bist ein verdammtes Arschloch, Eric. Aber abgemacht. Das beste Steakhouse ist für uns beide gerade gut genug.«

Marc bestellte einen Tisch für zwanzig Uhr.

Da sie beide die Pünktlichkeit liebten, trafen sie auch beide fast gleichzeitig ein.

Die Bedienung führte sie an einen der besten Tische, über die das »Boisdale« verfügte, und überreichte ihnen die Speisekarte. Marc und Eric bestellten noch im Stehen die ersten zwei Bier.

Nachdem sie sich gesetzt hatten, musste Eric sofort von der letzten Vögelparty bei Nicole erzählen.

»Es war wie immer großartig. Nicole hatte die besten Kanapees bestellt. Der Champagner floss in Strömen, und die Mädchen waren wahnsinnig heiß. Schade, dass du nicht dabei warst.«

»Wart ihr vollzählig?«

»Ja, fast. Von den Frauen waren Nicole, Sandy, Carmen und Claire da. Ivana ließ sich leider entschuldigen. Und Inga ist, wie du weißt, verreist. Von den Männern kamen außer mir noch Claude, Silvio, Simon und Bruce. Wir hatten also einen leichten Männerüberschuss. Aber du kennst ja Nicole – sie stellte uns sofort ihr Küchenpersonal zur Verfügung.«

Mit »Küchenpersonal« meinte Eric die beiden taubstummen neunzehnjährigen Zwillinge, Selma und Aline.

»War Emily auch da?«

»Nein.«

»Früher oder später wird sie ebenfalls mitmachen. Aber sie traut sich nicht, wenn ich nicht dabei bin.«

»Kann schon sein. Weißt du, wann Inga zurückkommt?«

»Ja, ich habe mit ihr telefoniert. Sie ist noch bei ihren Eltern in Schweden. Sie kommt nächste Woche zurück.«

»Die andern sagen, zwischen Inga und dir wäre es was Ernstes. Stimmt das eigentlich?«

»Was soll ich darauf antworten? Es entwickelt sich zumindest in diese Richtung.«

»Liebst du sie?«

»Ich sag mal so: Sie ist die einzige, mit der ich mir eine längere Beziehung vorstellen könnte.«

Eric zog die Stirn kraus. »Dann wäre mit eurem Clubleben aber erst mal Schluss. Sobald ernsthafte Gefühle im Spiel sind …«

»Kann schon sein«, sagte Marc nachdenklich. »Aber vorerst habe ich von Emotionen genug. Da ging in letzter Zeit einfach zu viel bei mir ab. Ich denke, ich brauche jetzt erst mal etwas Abstand von allem.«

Eric lachte. »Keine Frauen in den nächsten drei Wochen?«

»Wenn's nach mir ginge, nein.«

»Du hältst es doch keine drei Tage ohne Frau aus.«

»So schätzt du mich ein?«

»Genau so schätze ich dich ein, Marc.«

Jetzt musste Marc ebenfalls lachen.

»Hast du Lady Gladys eigentlich genagelt?«, fragte Eric.

Marc blickte ihn entsetzt an. »Nein, natürlich nicht. Die würde auch im Leben nichts mit mir anfangen.«

»Wieso das denn nicht? Ist sie in festen Händen?«

»Keine Ahnung. Darüber sprechen wir nicht. Unsere Beziehung ist wirklich rein geschäftlich.«

»Aha. Aber immerhin wart ihr zu zweit essen.«

»Das Foto in der ›Sun‹ wird mich wohl noch eine Weile verfolgen.«

»Zumindest bist du jetzt ein berühmter Mann, Marc.«

»Auf diese Art von Berühmtheit kann ich verzichten.«

Die Bedienung trat an ihren Tisch, stellte die beiden Biere ab und fragte, ob sie bereits gewählt hätten.

Den Blick in die Karte konnten sie sich sparen. Sie bestellten sich jeder 250 Gramm argentinisches Filetsteak, Medium. Dazu einen kleinen Salat und papa asada.

»Ich brauche mal deinen juristischen Rat«, setzte Marc an.

»Was hast du denn diesmal angestellt?«, frotzelte Eric.

»Ich nicht, aber ein Bekannter. Er hat eine Fünfzehnjährige gevögelt ...«

»Und die Sache ist rausgekommen.«

»Nein, noch nicht richtig. Aber der Vater des Mädchens droht mit der Veröffentlichung. Es war aber nichts weiter als eine Falle, die der Vater gestellt hat, um meinen Bekannten anschließend erpressen zu können.«

»Hm, gibt's so was auch? Das Flittchen hat ihn also im Auftrag ihres Vaters verführt.«

»Genau.«

»Das heißt, dein Bekannter ist vermutlich eine öffentliche Person, oder er hat sehr viel Geld.«

»Beides stimmt. Und zwar nicht zu knapp.«

»Er steht also vor der Wahl, entweder zu zahlen oder sich eine Menge Scherereien einzuhandeln.«

»Du sagst es.«

»Willst du meinen ehrlichen Rat?«

»Natürlich.«

»Dein Bekannter sollte zahlen. Denn der Nachweis, dass alles auf perfideste Weise vom Vater der Fünfzehnjährigen eingefädelt wurde, dürfte äußerst schwierig sein.«

»Wie sieht's strafrechtlich denn überhaupt aus?«

»Strafrechtlich ist die Sache nicht allzu dramatisch. Ob ein Strafverfahren eröffnet wird, hängt einzig von dem Mädchen oder von seinen Eltern ab. Fraglich ist zunächst, ob der objektive Tatbestand erfüllt ist. Ging die Initiative von dem Mädchen aus, oder wurde sie missbraucht? Die Dunkelziffer hier in England ist sowieso extrem hoch, und wenn solche Sachen trotzdem mal zur Anklage kommen, gibt's fast immer einen Freispruch. Problematisch ist halt der Medienrummel. So was kann einem schon jede Menge Ärger bereiten ... Du sagtest, das Flittchen ist fünfzehn?«

»Ja.«

»Dann ist sie zunächst mal kein Kind mehr. Kind ist jeder unter vierzehn Jahren. Wenn sie unter vierzehn Jahren wäre, wäre es auf jeden Fall ein Delikt. Aber damit es auch bei einer Fünfzehnjährigen ein Delikt sein soll, müssen zwei Tatbestände erfüllt sein: Der Täter muss die Fünfzehnjährige erstens missbraucht und zweitens die fehlende Fähigkeit des Opfers zur sexuellen Selbstbestimmung ausgenutzt haben. Das heißt, das Gericht müsste bei ihr also erst mal die fehlende sexuelle Selbstbestimmung feststellen. Missbrauch ist ja immer strafbar, liegt aber, so wie du mir die Sache schilderst, hier nicht vor.«

Während Eric dozierte, schossen Marc die verrücktesten Sachen durch den Kopf. So wurde ihm zum Beispiel gerade bewusst, dass die Ähnlichkeit zwischen Kitty und ihrem Vater gleich null war. Burjakin war ein Bulle, grobschlächtig mit kleinen schlauen Augen. Kitty war das Gegenteil, grazil, mit ausgeprägten weiblichen Kurven und großen Kulleraugen. Die Natur musste ihr wohl das gesamte Erbmaterial ihrer Mutter vermacht haben. Da fiel ihm ein, dass ihm die Mutter gar nicht vorgestellt worden war ...

»Ich muss dir noch etwas sagen, Eric.« Er senkte seine Stimme, damit an den anderen Tischen niemand mithören konnte. »Und das ist absolut top secret.«

Eric nickte.

»Der Vater des Mädchens«, fuhr Marc fort, »ist Russe. Ihm gehört hier in London ein Nachtclub mit einem Ruf, der nicht gerade über jeden Zweifel erhaben ist.«

»Wie heißt er?«

»Viktor Burjakin.«

Eric pfiff durch die Zähne. »Vor englischen Gerichten kein Unbekannter.«

»Was heißt das?«

»Der Katalog seiner Vergehen ist ziemlich umfangreich.«

»Diesen Verdacht haben wir alle.«

»Wer ist ›wir‹?«, wollte Eric wissen.

»Ich habe Ivana auf ihn angesetzt. Sie arbeitet seit zwei Wochen in seinem Club als meine Spionin.«

»Ach deshalb hat sie sich am Samstag bei Nicole entschuldigen lassen.«

»Ja, genau das ist der Grund ... Ich muss dir noch etwas sagen, Eric.«

»Ja?«

»Ich habe am Samstag Burjakin und seine Tochter kennengelernt. Er hatte mich zu seiner Gartenparty eingeladen. Ich bin mir sicher, dass ich nur deshalb eingeladen wurde, weil er mein Foto von Lady Gladys und mir in der ›Sun‹ gesehen hat ... Ich war potentielles Opfer, denn die Tochter war auf mich angesetzt ...«

»Sag nicht, du hast ...«

»Nein, aber es hätte passieren können. Die Kleine wollte mit mir an dem Abend ziemlich schnell in einem Gartenhäuschen verschwinden ...«

»Wo wahrscheinlich versteckte Kameras angebracht waren«, warf Eric ein.

»Möglicherweise ... Jedenfalls hatte ich plötzlich die Eingebung, das Gartenhäuschen tunlichst zu meiden.«

»Da hast du aber verdammt Schwein gehabt!«

Marc lachte. »Ja. Entweder küsst dich das Glück auf den Arsch, oder es küsst dich nicht.«

»Konntest du nicht sehen, wie jung sie ist?«

»Unmöglich. Sie wirkte sehr reif. Auch du würdest sie auf mindestens zwanzig schätzen ... Und da ist noch etwas, das du wissen solltest. Ivana sagte mir, dass die Mädchen in Burjakins Etablissement ihr glaubhaft versichert hätten, dass Burjakin regelmäßig seine Tochter fickt.«

»Ach du Scheiße!«

»Das kannst du laut sagen.«

»Wie heißt Burjakins Nachtclub eigentlich?«

»›Shestnadzat‹.«

Eric winkte die Bedienung herbei und bestellte zwei weitere Bier. Dann fuhr er fort: »Du hast mich neugierig gemacht. Was hältst du davon, wenn wir dem ›Shestnadzat‹ mal einen gemeinsamen Besuch abstatten?«

»Das ist nicht dein Ernst.«

»Und ob das mein Ernst ist.«

»Ich denke darüber nach.«

»Typen wie diesem Burjakin kommst du nur bei, wenn du es ihnen mit gleicher Münze heimzahlst. Das heißt, das Beste, was man in einem solchen Fall tun könnte, wäre eine Gegenerpressung. Wir bräuchten knallhartes Beweismaterial, wie er seine minderjährige Tochter fickt.«

»Dazu müssten wir aber erst mal an ihn herankommen.«

»Du hast doch Ivana.«

»Ich möchte aber nicht, dass sie sich unnötig in Gefahr begibt.«

»Lass mich mit Ivana sprechen. Auf jeden Fall brauchen wir hammerhartes Filmmaterial.«

***

Nicole du Barry, die sehr attraktive Mitbegründerin von Marcs »VögelBar«, lag – nur mit einem Bikinihöschen bekleidet – im wunderschönen Garten ihrer Villa und genoss gerade die Nachmittagssonne, als sie eine zunehmende Geilheit verspürte.

Sollte sie sich selbst befriedigen, oder sollte sie Marc und Eric kommen lassen?

Sie sah auf die Armbanduhr: gleich siebzehn Uhr. Vor achtzehn Uhr würden die beiden Herren ihr Büro wohl nicht verlassen, aber so lange würde sie noch warten können. Sie griff zum Hörer und rief nacheinander Marc und Eric an. Beide sagten selbstverständlich sofort zu.

Zu den schönen Gepflogenheiten von Marcs »VögelBar« gehörte es nämlich, dass die Clubmitglieder ihre sexuellen Bedürfnisse auch unter der Woche jederzeit befriedigen konnten. Die Mitglieder bildeten ein tolles Netzwerk, und Geilheit blieb nicht lange ungestillt. Es gehörte einfach zum guten Ton, dass man sich schnell und unbürokratisch half, wann immer irgendwo der Notstand ausgebrochen war.

Diesmal war es Nicole, die gerade eine unbändige Lust auf ein geiles Sandwich verspürte.

Marc und Eric trafen kurz hintereinander ein.

»Da sind meine Süßen ja endlich«, sagte sie, als sie ihnen die Tür aufmachte. »Auf euch ist wirklich Verlass.«

»Wir möchten unter keinen Umständen, dass du dich vernachlässigt fühlst, Nicole«, sagte Marc.

Sie führte sie lachend durchs Foyer hinaus auf die Terrasse. »Setzt euch, Jungs. Ich hole euch schnell ein paar Erfrischungsdrinks.«

Während sie – nur mit einem knappen Bikinihöschen bekleidet – zurück ins Haus ging, sahen die Männer ihr hinterher. Sie trug ihr langes schwarzes Haar offen.

»Fünfundvierzig Jahre und so ein geiler Knackarsch«, flüsterte Eric. »Wenn ich die bloß sehe, kriege ich ein Rohr.«

»Meinst du, mir geht's anders? An der stimmt einfach alles. Kleine feste Brüste. Flacher Bauch. Kein Gramm Fett. Und so herrlich unkompliziert. Gepriesen sei der Tag, an dem ich sie kennenlernte.«

Nicole kam mit zwei Eistee zurück.

»Was sagt ihr denn zu meinem Garten?«, fragte sie, während sie den Männern die Gläser reichte.

Marc und Eric sahen sich verdutzt an. Garten? Nicole glaubte doch wohl nicht im Ernst, dass Männer, die ficken wollten, auch nur einen Gedanken an einen Garten verschwendeten!

»Oh, dein Garten ist wunderschön«, sagte Eric, wobei seine Stimmlage verriet, dass ihn das Thema nicht die Bohne interessierte.

»Du hast ihn dir ja noch gar nicht richtig angesehen«, maulte die Hausherrin, während sie über den frisch gemähten Rasen spazierte.

»Das Blumenbeet dahinten ist neu«, sagte Marc, wobei er innerlich lachen musste. Frauen verhielten sich häufig auf diese, den meisten Männern völlig unverständliche Weise: Erst ködern, dann warten lassen. Obwohl Nicole heiß wie ein Bockwürstchen war, genoss sie es sichtlich, die Männer noch etwas zappeln zu lassen.

»Welches Blumenbeet denn?«, fragte Nicole irritiert. Sie hatte sich inzwischen rund zwanzig Yards von der Terrasse entfernt.

»Moment, ich zeig's dir«, rief Marc ihr zu.

Er stand auf und folgte ihr. Als er sie erreichte, packte er sie und zog sie an sich. Sie lachte. Es war also genau das, was sie gewollt hatte. Während seine eine Hand eine Arschbacke packte, schob sich die andere in ihr Höschen, in dem es bereits ziemlich heiß und feucht zuging.

»Du bist mir vielleicht ein Gartenkenner«, protestierte sie künstlich, während sie seine Berührungen mit einem leichten Stöhnen kommentierte.

Dann tauschten sie intensive Zungenküsse aus. Nicole war bereits stark erregt und tätschelte über die Ausbeulung seiner Hose. Wenig später lag sie auf dem Rücken. Ihr Höschen war längst im hohen Bogen durch die Luft geflogen.

Marc spreizte ihre Beine so weit nach hinten, dass sich ihr Arsch deutlich in die Luft hob. Das war die ideale Position, um ihre nasse Fotze von oben her auszuschlürfen.

»Oaaah, tut das gut«, stöhnte sie. »Marc, du bist wie immer die Rettung in letzter Sekunde.«

Eric saß auf der Terrasse und sah ihnen eine Zeit lang zu. Jetzt hielt er den Moment für gekommen, sich auszuziehen. Stück für Stück entledigte er sich seiner Kleidung und warf sie lässig über einen Stuhl. Dann schlenderte er nackt über den Rasen. Die warme Luft an seiner Haut empfand er als ungemein wohltuend.

Eric hatte einen Schwanz, um den ihn die männlichen Clubmitglieder schon seit langem beneideten. Ein Riesenhammer, der jede Lady zwar in kürzester Zeit auf den Gipfel der Lust katapultierte, für die anale Penetration aber weit weniger geeignet war. Die einzige Frau, die sich bislang getraut hatte, sein mächtiges Teil auch mit dem Arsch aufzunehmen, war Ivana gewesen. Die süße Russin war allerdings schon immer ein kleines Analluder gewesen.

Eric kniete sich neben Nicoles Kopf. Sofort schnellte dieser herum, und ihr Mund schnappte gierig nach seinem Schwanz, der schnell zu voller Größe anschwoll. Während Nicole sich nun etwas intensiver um Eric kümmerte, ließ Marc von ihr ab, um sich ebenfalls auszuziehen. Nackt kniete er sich neben sie, und sie musste nun abwechselnd beide Schwänze lutschen.

»Ihr vernachlässigt ja nicht mein geiles Fötzchen?«, sagte sie nach einer Weile. »Hab's extra für euch frisch rasiert.«

»Wie kommst du denn darauf?«, konterte Marc und spreizte ihre Beine. Dann nahm er seinen Schwanz in die Hand und klopfte mit der Eichel ein paar Mal auf ihren Kitzler, der bereits stark angeschwollen war. Dunkles Stöhnen, unterbrochen durch kurze, spitze Schreie war die Antwort. Dann teilte sein Schwanz ihre inneren Schamlippen und drang in sie ein.

»Oaaah, tut das gut«, stöhnte Nicole. »Ich hab das so was von gebraucht.«

Marc grinste. Er fickte sie genüsslich und langsam – quälend langsam –, sodass ihre Geilheit weiter zunahm und ihr Stöhnen intensiver und drängender wurde.

Dann ließ er von ihr ab, zog seinen Schwanz heraus und legte sich auf den Rücken. Nicole war sofort auf den Beinen, um sich auf ihn zu setzen. Sie wandte ihm ihren Rücken zu, während sie seinen harten Schwanz in die Hand nahm und ihn vorsichtig gegen ihre Rosette drückte. Diese war bereits leicht geöffnet und sehnte sich inbrünstig danach, nun ebenfalls genommen zu werden. Marcs Schwanz war noch stark mit ihren Scheidensekreten benetzt, sodass sie auf Gleitgel verzichten konnten.

Als sein Schwanz in ihren Arsch drang, jaulte sie kurz auf. Dann begann sie, ihn langsam zu reiten.

Während er sie genussvoll in den Arsch fickte, wurden ihre Stöße allmählich heftiger und fordernder. Sie liebte es, wenn sie das Tempo selbst bestimmen konnte.

Nun trat Eric hinzu. Sein Schwanz war hart und steil aufgerichtet. Nicole warf einen kurzen Blick auf dieses Riesenzepter, dann verdrehte sie vor Ehrfurcht die Augen, lehnte sich weit zurück und stützte sich mit den Händen ab. Eric ging in die Hocke. Nicole schrie auf, als er sein mächtiges Teil in ihre Fotze schob. Jetzt wurde es aber auch höchste Zeit, denn sie war inzwischen klatschnass.

»Ja, fickt mich, fickt mich, fickt mich!« Sie schrie ihre Lust hemmungslos hinaus. »Fickt mich richtig durch, Jungs! Stopft mich aus! Mehr ... mehr ... mehr!«

Die Männer gaben ihr Bestes und fanden schnell zu einem gemeinsamen Rhythmus.

Nach wenigen Minuten war Nicole auf hundertachtzig. Sie war kurz davor, die Besinnung zu verlieren. Aber vorher wollte sie kommen!

Sie sah Eric fest in die Augen und feuerte ihn an. »Ja, fick mich, du Hurensohn! Fick mich härter! Härter! Härter!« Die Gier, die sie in seinem Blick sah, heizte sie zusätzlich an.

»Ich komme!«, schrie sie. »Ich komme! Jaaaa ... Uuuh ...« Ihre Fingernägel krallten sich in den Rasen. Und dann lief ein so gewaltiges Beben durch ihren Körper, dass man es mit der Angst bekommen konnte. Ein IrrsinnsOrgasmus breitete sich in mehreren Schockwellen bis in ihre Fuß- und Fingerspitzen aus. Sie schrie in totaler Ekstase, warf ihren Kopf unkontrolliert hin und her ...

Im selben Moment, als Eric seinen Schwanz aus ihrer Fotze zog, nahm sie ihre letzten Kräfte zusammen und löste sich auch von Marcs Schwanz. Dann fiel sie auf die Knie und öffnete gierig ihren Mund.

Die Männer richteten sich auf, brachten sich in Position und wichsten ihre Schwänze. Sie brüllten wie zwei Ochsen, als es ihnen kam und sie ihr heißes Sperma ungebremst in Nicoles Gesicht spritzen konnten. Nicole schluckte jeden Spritzer, der direkt in ihre Mundhöhle traf, begierig hinunter. Selig vor Glück sank sie lächelnd auf den Rasen. Tief befriedigt lagen sie so noch eine Weile und genossen die warme Luft auf ihrer Haut.

Irgendwann gingen sie ins Wohnzimmer, um einen Abschiedsdrink zu sich zu nehmen.

»Wie lange bist du jetzt eigentlich mit Paula verheiratet, Eric?«, fragte Nicole plötzlich.

»Seit sechs Jahren.«

»Und? Habt ihr noch Sex?«

»In letzter Zeit hat er deutlich nachgelassen.«

Nicole schmunzelte: »Das ist normal. In nahezu jeder Ehe ist das so. Nach ein paar Ehejahren herrscht bei fast jedem Paar im Bett Funkstille.«

Eric stutzte. »Wieso?«

»Nun, die Ursache liegt in der Natur der Frauen, wobei den Frauen der Grund für ihr Verhalten in der Regel unbekannt ist: Sobald eine Frau einen Mann an der Angel hat, versucht sie, ihn mit allen Mitteln an sich zu binden. Alle Frauen machen das. Ihr Verhalten ist evolutionsbedingt. Durch zum Teil äußerst raffinierte Manipulationstechniken versuchen sie, ihren Partner zu betaisieren. Und bei neunzig Prozent der Männer gelingt dies auch. Das Problem ist nur, dass ein betaisierter Mann, also ein *Nice Guy*, für die Frau sexuell total uninteressant ist. Insgeheim verachtet sie einen Mann, der sich von ihr an der Nase herumführen lässt, und dann sieht sie sich automatisch nach Ersatz um. Und ein Mann, der in einer Partnerschaft zum Unterlegenen wird, verliert seinerseits das Interesse an der Frau, sodass es nur eine Frage der Zeit ist, bis er sich ebenfalls nach einer neuen Frau umsieht, die er beeindrucken kann.«

Während Eric diese Zusammenhänge vollkommen neu waren, gab Marc Nicole sofort Recht. »Das kann ich bestätigen«, sagte er. »Ich kenne keine Frau, die ihren Partner nicht auf die eine oder andere Weise manipuliert.«

»Tja, so ist es, mes chers«, fuhr Nicole fort. »Das Dilemma bei den Frauen ist also, dass sie jeden Partner unbewusst in eine Betarolle drängen müssen, sich aber gleichzeitig insgeheim wünschen, dass ihnen dies niemals gelingen wird. Ein Mann, dem es gelingt, seine Führungsrolle beizubehalten, wird für seine Partnerin sexuell immer attraktiv bleiben. Aber wenn er sich zu sehr in eine Betarolle drängen lässt, wird sie an ihm schließlich jedes sexuelle Interesse verlieren, und sie wird sich ihren Sex beim Alpha ihrer Wahl holen.«

Eric fiel es wie Schuppen von den Augen. Es war tatsächlich genau so, wie Nicole sagte: Paula manipulierte ihn nahezu täglich. Und viel zu häufig gab er nach, weil ihn ihre hartnäckige Art einfach nur nervte. Aber wenn er ihren Wünschen zu sehr nachkam, kartete sie komischerweise immer nach. Und sie reagierte dann auch immer abweisend. Dann gab es zum Beispiel keinen Sex. Wieso war ihm das nicht schon viel früher aufgefallen? Wieso musste er sich das erst von einer Frau sagen lassen?

»Frauen gehen natürlich auch viel häufiger fremd als Männer«, fuhr Nicole fort, »aber sie gehen dabei sehr viel raffinierter vor, deshalb glaubten die Männer zu allen Zeiten, sie seien in ihrem sexuellen Begehren schlimmer als die Frauen. Aber das Gegenteil ist der Fall. Frauen brauchen sogar sehr viel mehr Sex als Männer. Wechselnde Partnerschaften sind das Salz in der Suppe. Das weiß doch jede Frau ... Frauen sind auch konsequenter als Männer. Wenn wir uns in einen neuen Typen verlieben, lösen wir uns aus der alten Partnerschaft, aber wenn ein Mann sich in eine neue Frau verliebt, leidet er lieber, anstatt die Konsequenzen zu ziehen. Männer sind entweder zu feige oder zu bequem, die alte Partnerschaft aufzugeben.«

»Wie gut, dass du mir diesen Mist nicht vor unserer geilen Nummer erzählt hast«, ätzte Eric, »denn dann hätte ich wahrscheinlich keinen mehr hoch gekriegt.«

Marc und Nicole mussten laut lachen.

»Jetzt weißt du, wie es uns Frauen gelingt, einen Mann vollkommen zu kontrollieren«, sagte Nicole und fuhr ihm mit der Hand liebevoll über die Wange. »Frauen sind eitel, opportunistisch, habgierig und neidisch. Und vor allem sind sie sehr viel raffinierter als Männer.«

»Sie sind eindeutig das stärkere Geschlecht!«, setzte Marc lachend hinzu.

***

Die Transe hatte tatsächlich Wort gehalten. Als wenn sie Gedanken lesen konnte, rief sie Paula in genau jenem Moment an, als diese sich sehr stark nach ihr sehnte. Denn Paula war heute Abend allein zu Hause. Eric hatte noch etwas mit Marc unternehmen wollen, und ihre Freundinnen hatten ebenfalls keine Zeit.

»Ich fass es nicht!«, stieß sie aus, als sie die Stimme der Anruferin erkannte. »Ich habe gerade wirklich intensiv an dich gedacht.« Sie saß in der Wanne, und fast wäre ihr das Handy vor Schreck ins Wasser geplumpst.

»Ich möchte dich gern wiedersehen, Kleines«, sagte Antonia.

»Ist das dein Ernst?«

»Würde ich dich sonst anrufen? Du hast etwas an dir, was mich scharf macht.«

Paula wurde rot, aber das konnte Antonia zum Glück nicht sehen. »Ich, äh ..., ich finde dich auch ganz toll«, stotterte sie.

»Dann sollten wir uns wiedersehen. Was hältst du von morgen? Ich würde hier früher Schluss machen.«

»Morgen, äh ..., natürlich, gern. Sehr gern. Und wo?«

»Bei mir zu Hause. Da können wir es uns richtig schön machen.«

»Wo wohnst du denn?«

»Southgate, Oakwood. Die genaue Anschrift würde ich dir

per SMS schicken.«

»Das wäre fantastisch! Ich, äh …«

»Ja bitte?«

»Ich weiß nicht, wie ich es dir sagen soll.«

»Sag's einfach.«

»Ich habe meiner besten Freundin von dir erzählt … Und, äh … Sandy würde unheimlich gern mitkommen.«

»Na, super. Klar doch. Bring sie mit. Das wird bestimmt lustig.«

Paula fiel ein Stein vom Herzen. »Du bist ein Schatz. Ich werde Sandy gleich anrufen. Welche Uhrzeit wäre dir denn recht?«

»Achtzehn Uhr ist doch eine schöne Zeit. Dann haben wir den ganzen Abend noch vor uns.«

»Ach, Antonia, ich freu mich so!«

»Ich mich auch. Also, bis morgen, Kleines.«

»Ja, bis morgen, Antonia. Bye.«

Als das Gespräch zu Ende war, hatte Paula Herzrasen.

***

Die flimmernde Leuchtreklame des »Shestnadzat« warf bizarre Lichter über den Parkplatz, auf dem fast ausschließlich Nobelkarossen standen. Marc und Eric fanden problemlos eine Parklücke, was um diese Zeit – es war kurz nach zweiundzwanzig Uhr – keine Selbstverständlichkeit war.

Auf dem Weg zum Haupteingang erblickten sie ein grell erleuchtetes Plakat, das den Star des Abends ankündigte: Nina Neuville.

Gedämpfte Varietémusik drang nach draußen.

Die beiden Türsteher sahen nicht gerade danach aus, als ob sie das Wort Preisnachlass schon mal irgendwo gehört hätten. Jedenfalls bewegte sich der Preis für die Eintrittskarten im astronomischen Bereich. Dieser Preisklasse entsprechend waren Marc und Eric aber auch gekleidet.

Das »Shestnadzat« war natürlich mehr als einfach bloß ein Nachtclub. Es war viel mehr. Es war auch sehr viel geräumiger, als es von draußen den Anschein hatte. Im Entree hing ein

Lageplan, der Neuankömmlingen die Orientierung erleichterte. Es gab einen Restaurantbereich, eine amerikanische Bar, einen VaudevilleBereich, eine Nobeldisko im Untergeschoss sowie eine ganz spezielle Zone für betuchte Insider, zu der nicht jedermann Zutritt erlangte. Ein roter Punkt markierte die Stelle, wo man sich gerade befand.

»Dann mal rein ins Vergnügen«, sagte Eric.

Sie folgten einfach der Musik und landeten schließlich im VaudevilleBereich. Junge und sehr gut aussehende Animierdamen sorgten dafür, dass die Brieftaschen der Herren locker saßen.

Sie wurden von einer attraktiven Blondine mit slawischen Gesichtszügen und aufreizendem Lächeln an einen freien runden Tisch geführt. Nina Neuville tanzte gerade in einem weißen Hosenanzug, dessen Oberteil bis zum Schamansatz geöffnet war und zwei perfekt geformte Brüste offenlegte. Die Tänzerin wackelte mit ihrem Hintern wie beim Samba, schüttelte neckisch die Brüste – das Publikum kreischte.

Marc hielt diskret Ausschau nach Ivana, und es dauerte auch nicht lange, bis er sie entdeckt hatte: Sie servierte in Schulmädchenkleidung.

»Ach du Scheiße, guck dir die an«, sagte er und nickte dabei in Ivanas Richtung.

»Sehr geil.« Eric lachte. »Diese Aufmachung sollten wir unbedingt auch in unserem Club einführen.«

Ivana hatte ihre Freunde nun ihrerseits entdeckt und kam strahlend an deren Tisch. Dabei tat sie so, als wollte sie eine Bestellung aufnehmen.

»Hi«, sagte sie und neigte sich zu Marc hinunter.

»Hi. Ist Burjakin heute im Haus?«

Ivana schüttelte den Kopf. »Nein, aber wir müssen trotzdem vorsichtig sein. Wer weiß, wie viele Spione er hier rumlaufen hat.« Sie lächelte gekünstelt.

»Wir müssen uns mal dringend mit dir unterhalten«, sagte Eric.

»Wie soll das gehen? Ich muss arbeiten.«

»Es ist verdammt wichtig.«

»Das können wir hier nur ganz offiziell machen. Ich würde dann ein zweites Mädchen mitnehmen, und wir würden zu viert auf eins der Zimmer gehen. Wäre das okay?«

»Okay, was nehmt ihr die Stunde?«

»Ich muss erst mal fragen, ob Loreen Zeit hat. Ansonsten: Dreihundert Pfund – für jeden.«

Marc schluckte, aber ihm war natürlich klar, dass das Geld abgedrückt werden musste. Andernfalls würden sie Ivana nur unnötig in Gefahr bringen. »Ist okay«, sagte er. »Frag sie.«

Während Ivana abzog, vergewisserte sich Marc durch schnell umhereilende Blicke, dass ihr Gespräch nicht das Misstrauen von irgendwem hervorgerufen hatte. Aber das war nicht der Fall, denn dafür war es viel zu laut. Außerdem hatte sich Nina Neuville inzwischen weitestgehend entblättert und umtanzte mit lasziven und erotischen Verrenkungen eine Metallstange. Alle Blicke waren ausschließlich auf sie gerichtet.

Nach zehn Minuten kehrte Ivana zurück.

»Ihr habt Glück«, sagte sie. »Loreen ist dabei. Sie ist schon aufs Zimmer gegangen.«

»Sehr gut. Was müssen wir jetzt tun?«

»Seht ihr schräg hinter mir die Tür mit den beiden roten Pfeilen?«

»Ja, ist nicht zu übersehen«, sagte Marc.

»Okay. Ihr geht in genau drei Minuten durch diese Tür. Dort erwarte ich euch. Bis gleich, Jungs.«

Und weg war sie.

Glanz und Glamour herrschten auch auf den Fluren, die zu den Zimmern der Mädchen führten. Dicke Teppiche dämpften jedes Geräusch, und das Licht war angenehm gedimmt.

Vor einer weißlackierten Tür mit einer goldenen »23« hielt Ivana kurz inne, dann klopfte sie an. Kurz darauf wurde ihnen geöffnet. Eine sehr junge und attraktive Blondine, ebenfalls in Schulmädchenkleidung, stand vor ihnen.

»Hi«, sagte Loreen.

Ivana machte sie mit Marc und Eric bekannt.

Als die Tür wieder ins Schloss fiel, sagte Marc: »Wir können nur hoffen, dass dieser Raum nicht abgehört wird.« Er sah sich um.

»Dieses Zimmer ist sauber«, sagte Ivana. »Die hören hier nur die VIPRäume ab. Außerdem zeichnen sie dort mit versteckten Kameras alles auf.«

Die Männer schluckten. War schon erstaunlich, was Ivana in der kurzen Zeit alles herausgefunden hatte. Es stellte sich schnell heraus, dass Loreen in Ivanas Pläne eingeweiht war. Blieb nur zu hoffen, dass sie auch dichthalten würde.

»Zuerst das Geld«, sagte Ivana, als die Männer sich an den runden Tisch setzten.

Marc und Eric zückten ihre Brieftaschen und überreichten den Mädchen jeweils dreihundert Pfund. Die Scheine verschwanden in ihrer Kleidung.

»Okay, worum geht's?«, fragte Ivana.

»Zuerst möchte ich Loreen ein paar Fragen stellen«, sagte Eric mit ernstem Tonfall.

Loreen gab ihr Einverständnis dadurch zu erkennen, dass sie nickte.

»Loreen, wie lange arbeitest du schon für Burjakin?«, fragte Eric.

»Seit anderthalb Jahren.«

»Nur in diesem Club oder auch woanders?«

»Nur im ›Shestnadzat‹.«

»Dann bist du ja praktisch Insiderin.«

»Ja.«

»Wie viele Mädchen arbeiten hier?«

»Zurzeit sind wir neunzehn.«

»Stimmt es, was man sich über Burjakin und seine Tochter erzählt?«

»Ja.«

»Hat er noch andere Beziehungen dieser Art?«

»Du meinst mit Minderjährigen?«

»Ja.«

»Nicht dass ich wüsste. Aber manchmal müssen wir alle zusammen zum Chef, dann will er uns alle zusammen ficken.«

»Alle neunzehn Mädchen?«, fragte Eric ungläubig.

»Nun ja, er hat so was Gewalttätiges in seiner Aura, das die Mädchen heiß macht. Sie fürchten ihn, und trotzdem sind sie heiß auf ihn. Aber meistens ist er zu besoffen, und dann klappt es mit dem Sex nicht. Wenn er uns heiß gemacht hat und anschließend besoffen in der Ecke liegt, schnappen wir uns meistens die Leibwächter. Ihnen ist Alkohol strikt untersagt, und deshalb haben sie immer geile harte Hämmer.«

»Danke für diese präzise Information.« Eric schluckte.

»Was ist mit Kittys Mutter?«, fragte Marc.

»Darüber gibt's im Club nur Gerüchte«, sagte Loreen. »Angeblich lebt Kittys Mutter in Moskau, aber keiner weiß genau, was sie dort macht.«

»Okay«, übernahm Eric wieder das Wort. »Der Grund, weshalb wir uns heute in diesem Zimmer mit euch unterhalten, ist folgender: Wir brauchen Filmmaterial von Burjakin und seiner Tochter. Typen wie diesem Russen kommt man nur bei, wenn man es ihnen mit gleicher Münze heimzahlt. Wir brauchen knallhartes Beweismaterial, wie er seine minderjährige Tochter fickt.«

»Das ist ja der Hammer!«, entfuhr es Ivana. »Aber ... Aber dann müsste ja jemand eine Kamera in Kittys Zimmer anbringen.«

»Du hast es erfasst«, sagte Eric. »Da wir zur privaten Villa Burjakins niemals Zutritt erlangen würden, bleibt nur Kittys Zimmer hier im Nachtclub. Sie verfügt doch über ein eigenes Zimmer, wo sie die VIPs empfängt, oder?«

»Ganz ausgeschlossen. Wie sollte das denn gehen?«

»Die Mikrokamera besorge ich euch. Ebenso die Technik,

mit der sie ferngesteuert wird. Wichtig ist nur, dass die Kamera an einer absolut unauffälligen Stelle angebracht wird und natürlich so, dass sie den ganzen Raum erfasst.«

»Im ganzen Haus laufen Leibwächter herum«, warf Loreen ein.

»Das denke ich mir. Selbstverständlich winkt demjenigen von euch, der den Job übernimmt, eine fette Belohnung.«

Die Mädchen sahen sich etwas ratlos an.

»Okay, ich überlege mir die Sache«, seufzte Loreen schließlich. »Wann soll die Sache starten?«

»So schnell wie möglich«, sagte Eric. »Aber zuerst muss ich die entsprechende Technik besorgen. Ich schlage vor, wir sehen uns in einigen Tagen wieder. Allerdings nicht hier, sondern an einem weniger verfänglichen Ort ... Dann können Marc und ich von euch auch die Gegenleistung einfordern, für die wir gerade bezahlt haben.« Er lachte.

»Und jetzt?«, fragte Ivana, der gar nicht zum Lachen zumute war.

»Jetzt gehen wir erst mal was essen. Marc und ich haben nämlich einen Bärenhunger.«

***

Southgate, Oakwood. Sandy setzte den Blinker ihres alten Austin FX4Taxis, drosselte die Geschwindigkeit und bog in die Prince George Avenue ein. Ihr Blick fiel auf eine Reihe schöner zweigeschossiger Häuser mit prächtigen Vorgärten. Neben ihr saß Paula. Sandy hatte Paula von zu Hause abgeholt, damit Eric das Gefühl hatte, seine Frau habe sich zu einem Frauenabend verabredet.

»Da ist es!«, rief Paula. »Die Nummer 17.«

Sandy steuerte das Fahrzeug an den Straßenrand, brachte es zum Stehen und sah Paula an. »Und? Bist du aufgeregt?«

»Aufgeregt ist gar kein Ausdruck. Ich bin heiß. Und du?«

Sandy lachte und zog den Schlüssel ab. »Ja, wir haben einen guten Tag erwischt. Wenn die Transe nur halb so gut fickt, wie du sagst, garantiere ich für gar nichts.«

Sie stiegen aus und näherten sich lachend dem repräsentativen Portal.

Draußen war es noch sehr warm und hell, und die Vögel zwitscherten in den Obstbäumen, mit denen die Vorgärten reichlich gesegnet waren.

Die schöne Brasilianerin öffnete den beiden Damen in einem lachsrosa LatexMinikleid. Ihr langes schwarzes Haar trug sie offen. Kaum erblickte Paula diese schlanken und perfekt geformten Beine, fluteten die Erinnerungen an ihren geilen Fick in der Prada Boutique zurück.

Auch Sandy war beeindruckt. Paula hatte nicht zu viel versprochen. Die Lady sah wirklich knackig aus.

»Kommt rein, ihr Süßen«, sang Antonia. »Ihr seid ja sogar pünktlich.«

»Wir sind eben gut erzogene Mädchen«, meinte Paula.

»Ach so, gut erzogene Mädchen. Mal sehen, wie schnell es mir heute gelingt, euch die gute Erziehung wieder auszutreiben.«

Die Tür fiel hinter ihnen ins Schloss.

»Bei Sandy wird es dir sehr schnell gelingen. Ihr war gute Erziehung schon immer eher hinderlich.«

»So also denkst du über mich«, erboste sich Sandy künstlich.

»Ich habe das Gefühl, dass ihr euch sehr mögt«, stellte Antonia lachend fest.

Wohlgerüche schlugen ihnen entgegen, als sie durch die Diele ins Wohnzimmer geleitet wurden. Antonia hatte ein schönes Abendessen zubereitet.

Das Wohnzimmer war der helle Wahnsinn. Paula hatte schon einiges in ihrem Leben gesehen, aber dieses geschmackvolle und luxuriöse Interieur ließ eindeutig auf Einkommensquellen jenseits des Durchschnittssalärs eines Store Managers aus der Modebranche schließen. Außerdem hatte es eine lange Fensterfront. Die Tür zum Garten stand offen.

Sandy ließ sich wie immer nur von ihren Instinkten leiten.

Reichtum beeindruckte sie nicht im Mindesten. Hauptsache, die Chemie stimmte. Ihr gefiel die Transe sehr gut, und das war die wichtigste Voraussetzung für das Gelingen eines Dreiers. Außerdem war sie schon den ganzen Tag über extrem geil. Und Geilheit war eine wunderschöne Droge, die einem den ganzen Tag versüßen konnte.

»Nehmt bitte Platz. Einen Aperitif?«, fragte Antonia.

»Ja, bitte«, sagte Sandy.

»Hmm, wie das duftet. Was gibt es denn?«, fragte Paula.

»Hühnerfrikassee auf MayaArt, meine Spezialität. Das Essen kommt sofort. Habt ihr einen speziellen Getränkewunsch? Nein, sagt nichts. Ich habe da einen fantastischen chilenischen Rotwein. Genau das Richtige für einen außergewöhnlichen Frauenabend.«

Und weg war sie.

Nach einem köstlichen DreiGängeMenü und dreieinhalb Flaschen Rotwein später, hatten sich Stimmung und Tonfall erheblich gelockert. Die warme Luft, die vom Garten hereinströmte, und der angenehme Zustand des Angetrunkenseins hatten längst dafür gesorgt, dass sich die drei Damen allmählich freimachten. Ein Kleidungsstück nach dem anderen wurde unter Lachen, kleineren Neckereien und heißen Zungenküssen beim jeweils anderen gelöst und fiel zu Boden.

Als sie nur noch mit ihren Slips bekleidet waren, sagte Antonia plötzlich: »Kommt, wir spielen etwas auf der Matte.«

Paulas hochroter Kopf fuhr herum. »Welche Matte?«

Antonia erhob sich. »Folgt mir.«

Kurz darauf standen sie im Schlafzimmer der Gastgeberin.

Antonia betätigte einen Knopf direkt neben der Tür. Die Zimmerdecke geriet in Bewegung. Angetrieben durch eine raffinierte Mechanik, senkte sich ein riesiges Bett praktisch geräuschlos von der Decke herab.

»Wow!«, entfuhr es Sandy.

»Ist ja der Wahnsinn!«, ergänzte Paula.

»Da gerät eure Pussy wohl mächtig in Wallung, was?«, lästerte Antonia.

»Das kannst du laut sagen«, meinte Paula. Kaum hatte das knallrote Bett den Boden erreicht, stürzte sie sich darauf und befühlte es. »Au Mann, wie geschaffen für megageilen Sex.«

Das Bett war mit einem ungemein weichen Oberflächenmaterial überzogen. Es bestand aus einem speziellen abwaschbaren Kunststoff – wie geschaffen für feuchte Spiele.

Paula zog ihren Slip aus und warf sich breitbeinig auf das Liebeslager. »Hmm, hier möchte ich nie wieder weg.«

Sandy grinste, streifte sich ebenfalls den Slip ab und kletterte zu Paula. Die Mädchen umarmten sich und versanken sofort in intensive Zungenküsse. Ihre Mösen pochten.

Ohne dass sie es bemerkten, hatte Antonia zwei große Flaschen Massageöl geholt. Während die Mädchen sich streichelten und leckten, übergoss Antonia ihre Körper langsam mit der öligen Flüssigkeit.

Es dauerte nicht lange, und ihre Körper glänzten wie Otterfelle.

Als Sandy vorsichtig zwei Finger in Paulas Fotze schob, spürte sie, wie nass diese bereits war. Sie nahm zwei weitere Finger hinzu. Paula stöhnte auf und spreizte ihre Beine noch mehr. »Meine Lust ist heute extrem«, stöhnte sie. »Nimm also bitte keinerlei Rücksicht, Liebste.«

Antonia goss weiteres Öl über Paulas Venushügel und Sandys Hand, sodass es nur so flutschte. Es dauerte nicht lange, und Sandys Hand war vollständig in Paulas Fotze verschwunden.

»Ja, fick mich!«, stöhnte Paula. »Fick mich mit deiner geilen Faust.«

Während Paulas Atem immer schneller ging, und die Anzeichen, dass sie ihrem ersten Orgasmus entgegeneilte, immer deutlicher wurden, hatte Sandy das Gefühl, dass sie irgendwie zu kurz kam. Ihre Möse pochte jetzt richtig heftig, und Paula machte nicht die geringsten Anstalten, nun ihrerseits mal ein bisschen aktiv zu werden.

»Jetzt will ich aber mal einen richtigen Schwanz sehen«, sagte sie schließlich genervt.

Sie hatte gar nicht mitbekommen, dass Antonia längst splitternackt hinter ihr stand. Während Sandy also ihrer Freundin einen Lustschauer nach dem nächsten bescherte und dabei den eigenen Arsch praktisch in Idealposition hochreckte, rückte Antonia mit stark erigiertem Schwanz näher wie ein entschlossener Gladiator.

Als Sandy die Eichel an ihrer feuchten Spalte spürte, tat sie das, was ihr die Geilheit gebot: Sie klatschte mit dem Hintern dagegen, um Antonias Schwanz ganz tief in sich aufnehmen.

»Uuuh«, machte sie. »Ja, das ist gut. Darauf habe ich schon den ganzen Tag gewartet.«

Sie versuchte noch eine Zeit lang, Paula weiter zu fisten, aber die eigene Lust brachte sie schnell aus dem Rhythmus. Vorsichtig zog sie ihre Hand wieder heraus, um sich ganz auf Antonias Hammerschläge zu konzentrieren.

Die Transe fickte ja so was von gut!

Paula merkte, dass sie jetzt nicht mehr die erste Geige spielte. Sie löste sich von ihrer Rückenlage und wandte sich Sandy zu – zuerst mit den Händen, dann mit ihrem Mund. Diese genoss das Streicheln und Küssen gleichermaßen.

Antonia goss immer wieder Öl über Sandys Arschspalte, welches Paula mit ihren Händen verteilte. Dann drückte sie vorsichtig ihren Daumen gegen ihre Rosette, die sofort zur Aufnahme bereit war.

In beide Lustlöcher gleichzeitig gefickt zu werden, war einfach das Größte!

Antonia zog ihren Schwanz aus Sandys Fotze und drückte ihn stattdessen in ihren Arsch. Das viele Öl ließ ihn problemlos hineinflutschen.

Anal geritten zu werden, war für Sandy schon immer ein großer Genuss. Jetzt kam sie richtig in Fahrt, und Antonia musste aufpassen, dass Sandys fordernder und saugender Hintern nicht einen vorzeitigen Samenerguss bei ihr auslöste. Deshalb drosselte sie immer wieder das Tempo.

Als sie ihren Schwanz aus Sandys Arsch zog, schnellte Paulas Kopf umgehend herum. Sie riss ihren Mund auf und saugte, fast besinnungslos vor Geilheit, an Antonias Schwanz.

»Ich glaube, Paula braucht heute noch eine Spezialbehandlung«, sagte Antonia. »Anders werden wir ihre Geilheit nicht stillen können.«

Sie erhob sich, öffnete die Schublade einer Kommode und holte einen StrapOn heraus, eine Art Slip aus schwarzem Leder mit aufgesetztem Dildo.

»So«, sagte sie zu Sandy. »Zieh den bitte an.«

Sandy lachte. Sie wusste, was jetzt kam. Es dauerte keine zehn Sekunden, und sie hatte sich das Teil professionell umgeschnallt.

Antonia hatte sich inzwischen auf den Rücken gelegt. Paula hockte sich über sie, wobei sie ihr ihre Rückenpartie zuwandte. Vorsichtig drückte sie Antonias Schwanz gegen ihre Arschrosette. Die Unmengen an bereits geflossenem Öl machten die Penetration zu einem Kinderspiel.

»Oaaah«, entfuhr es ihr, als Antonias harter Knüppel in ihren Arsch drang.

Paula ritt ihn zuerst ganz langsam. Sie hielt ihre Augen geschlossen, damit sie das pochende Teil in ihrem Darm noch intensiver auskosten konnte. Dann erhöhte sie das Tempo allmählich. Schließlich lehnte sie sich mit weit gespreizten Beinen so weit zurück, dass sie mit ihrem Rücken auf Antonias Brust zu liegen kam. Deren Schwanz verblieb selbstverständlich weiterhin in ihrem Arsch.

Sandy ergriff den Dildo ihres StrapOns, hockte sich nun über Paula und steckte ihr zusätzlich das große geäderte Teil in die Fotze. Jetzt konnte sie im Sandwich gefickt werden.

Sandy fand genau den richtigen Rhythmus, um ihre Freundin in Sekundenschnelle in den siebten Himmel zu vögeln.

Als es Paula kam, schrie sie das ganze Haus zusammen. Sie hatte einen IrrsinnsOrgasmus.

»Hast du schon abgespritzt?«, fragte Sandy Antonia.

»Nein.«

»Sehr gut, ich möchte nämlich, dass du in meinem Arsch abspritzt.«

»Oh, das mache ich nur zu gern«, lautete Antonias Antwort.

Sandy löste sich von Paula und nahm die Hündchenstellung ein. Ihren Arsch reckte sie steil in die Höhe. Sie hatte natürlich längst registriert, dass ihr Lederslip von hinten frei zugänglich war.

Antonia schob Paula sanft von sich, um sich nun wieder Sandy zuzuwenden. Deren Hintern war, wie Antonia sofort feststellte, höchst aufnahmewillig.

Paula rutschte unter Sandys Bauch. Während sie begierig an deren Dildo herumsaugte, fickte Antonia Sandy in den Arsch. Und als es der schönen Brasilianerin ebenfalls kam, schrie sie noch lauter als Paula. Ungeheure Samenmengen ergossen sich in Sandys Arsch.

Vollkommen erschöpft sanken die Frauen schließlich zusammen. Sie blieben noch eine Weile so liegen, dann gingen sie lachend und vollkommen befriedigt duschen, um ihre Körper von der gewaltigen Menge Massageöl, das heute geflossen war, zu befreien.

Später sagte Antonia: »Ich seid ja richtig professionelle Arschfickerinnen. Mein Kompliment!«

»Wenn ich ehrlich bin, stand ich schon immer auf Arschficken«, sagte Sandy.

Paula lachte. »Auch ich liebe es, einen harten Schwanz in meinem Arsch zu spüren. Trotzdem ist die Sache noch relativ neu für mich.«

»Wann bist du denn auf den Geschmack gekommen?«, fragte Antonia.

»In diesem Sommer. Der erste Mann, der mich wirklich

in den Arsch gefickt hat, war ausgerechnet der beste Freund meines Mannes. Und der hat es mir verdammt gut besorgt.«

»Und deinen Mann gelüstete es bislang nicht danach?«

»Mein Mann hat einen ziemlich Ehrfurcht gebietenden Stock zwischen den Beinen.« Sie lachte. »Auf die Idee, ihn in meinen Arsch zu stecken, ist er wahrscheinlich selbst noch nicht gekommen ... Ich allerdings auch nicht ... Aber wie ich nun aus eigenem Erleben weiß, gibt es noch eine Steigerung für diese schöne Leidenschaft.«

»Nämlich?«

»Sich von einer Frau in den Arsch ficken zu lassen. Ein harter Schwanz in Kombination mit dem weichen Körper einer attraktiven Frau ist einfach das Höchste.«

»Danke für das Kompliment«, sagte Antonia. »Ich könnte mir vorstellen, dass es viele Menschen gibt, die zu ähnlichen Schlussfolgerungen kämen, wenn sie die gleichen Erfahrungen machen würden, die du gemacht hast ... Wäre es nicht schön, wenn man solche Menschen sammeln und in einem Club guter Freunde zusammenführen könnte?«

Sandy und Paula sahen sich mit großen Augen an, dann prusteten sie los.

»Lacht ihr mich etwa aus?«, fragte Antonia irritiert.

»Nein, wir lachen dich nicht aus«, sagte Paula, »aber dein Vorschlag erinnert uns an etwas.«

»An was denn?« Antonia kräuselte neugierig die Stirn.

»Ein guter Freund von uns hat einen ebensolchen Club vor kurzem ins Leben gerufen«, sagte Sandy.

»Ist nicht wahr.«

»Aber klar doch. Einen echten Club der guten Freunde.«

»Wo?«

»Das ist leider geheim. Aber den Namen des Clubs darfst du erfahren: ›VögelBar‹.«

»Finde ich darüber was im Internet?«

»Nein.«

»Und woher weißt du dann von dem Club?«

»Ein Freund hat mich mal mitgenommen.«

Dass sie inzwischen selbst zahlendes Mitglied in diesem elitären Vögelclub war, verschwieg sie natürlich.

»Ich war auch mal da«, setzte Paula engagiert hinzu, weil sie keinesfalls hinter Sandy zurückstehen wollte. »Dieser Club ist einfach das Größte. Ich bemühe mich gerade um eine Mitgliedschaft.«

»Soso«, resümierte Antonia. »Es ist also ein Swingerclub.«

»Um Gottes Willen, nein. Bloß kein Swinger. Die ›VögelBar‹ ist viel mehr.«

»Bedeutend mehr«, ergänzte Paula.

»Mit wie viel Pfund muss man euch denn bestechen, damit ihr mir mal eine Einladung beschafft?«, fragte Antonia.

»Du enttäuschst mich«, sagte Sandy. »Eigentlich müsstest du wissen, dass Freundschaft keine verhandelbare Dimension ist. Aber in deinem Fall ließe sich vielleicht was arrangieren. Du besorgst uns ein paar ausgewählte Kleidungsstücke der neuesten Prada Kollektion – natürlich zu sensationellen Konditionen –, und die Sache könnte klappen.«

»Verstanden.« Antonia grinste. *Die Girls sind wirklich clever,* dachte sie.

***

Es war gegen achtzehn Uhr. Marc befand sich noch im Büro und räumte gerade die Unterlagen auf seinem Schreibtisch zusammen. Er hatte bis jetzt über dem Jahreshoroskop für eine Londoner Investmentbankerin gesessen.

Sein Handy war fast den ganzen Tag über ausgeschaltet gewesen. Als er es einschaltete, fand er drei SMS mit Liebeserklärungen von Inga vor, die noch immer bei ihren Eltern in Stockholm weilte, sowie mehrere Anrufversuche seiner Schwester Brittany.

In diesem Moment klopfte es.

Er hatte kaum »Herein« gesagt, als Brittany bereits in der Tür stand.

»Hi«, sagte sie. »Da du mal wieder dein Handy ausgeschaltet hast, dachte ich mir, dass ich am besten mal persönlich vorbeischaue ... Was ist? Freust du dich nicht über meinen Besuch? Ich bin so selten hier.«

»Äh, doch, natürlich freue ich mich.« Er registrierte mit einem Blick, dass sie gut aufgelegt war. Richtig unternehmungslustig sah sie aus. »Du hast Glück, denn ich will gerade Feierabend machen.«

Er erhob sich und ging auf sie zu. Sie umarmten sich.

»Hast du schon was gegessen?«, fragte er.

»Nein.«

»Auf was hast du denn Appetit? Hier hat ganz in der Nähe ein neues französisches Restaurant aufgemacht. Das würde ich gern mal testen.«

»Hört sich gut an. Für Überraschungen war ich schon immer zu haben. Aber ist es zum Essen nicht noch etwas früh?«

»Wir können ja vorher in die Bar nebenan gehen.«

»Ja, sehr gern.«

Im Vorzimmer verabschiedeten sie sich von Marcs Sekretärin. »Mach nicht mehr so lange, Svenja«, sagte Marc.

»Nein, ich mache jetzt auch Schluss. Wünsche euch noch einen schönen Abend.«

»Ja, dir auch. Bis morgen.«

»Bis morgen.«

Im Treppenhaus sagte Marc: »Komm, lass uns die Treppen nehmen. Bewegung schadet nicht.«

Draußen auf der Straße wären sie fast mit einem Paar zusammengestoßen, das mit zahlreichen Einkaufstaschen bepackt war.

»Nein!«, rief die Dame aus. »Marc Feldman! Das gibt's doch nicht! Wie schön, dich wieder zu sehen.«

Brittany schreckte sichtbar auf, und als Marc die beiden Frauen miteinander bekanntmachte, knisterte die Luft.

Der Mann an Lady Gladys Seite war Lord Randolph. Er warf seiner Schwester einen spitzen Blick zu. Er kannte ihre

Unberechenbarkeit zur Genüge und fragte sich, wen sie da wohl wieder aufgegabelt hatte.

Lord Randolph war groß, hellblond wie seine Schwester und genau wie sie mit einem hohen Maß an Attraktivität ausgestattet. Aber er verfügte nicht annähernd über deren Charisma.

»Wir kommen gerade vom Großeinkauf«, sagte Lady Gladys. »Randolph brauchte ein paar neue Blazer, und da bin ich einfach mitgegangen, um ihn zu beraten.«

»Sehr gute Idee«, meinte Marc. »Mit der richtigen Beraterin an der Seite kann eigentlich gar nichts mehr schiefgehen. Brittany und ich wollten gerade das neue französische Restaurant testen, das hier letzten Donnerstag aufgemacht hat.«

»Ah ja, das kenne ich. Sehr empfehlenswert. Habt ihr was dagegen, wenn wir uns euch anschließen?«, fragte Lady Gladys.

»Ganz und gar nicht. Vorher würden wir aber noch gern in die Bar nebenan gehen.«

»Dann machen wir das doch einfach. Da drüben steht unser Wagen. Lasst uns nur kurz die Einkaufstaschen verstauen.«

Lord Randolph grollte. Es war heute nicht das erste Mal, dass er seine Schwester innerlich verfluchte.

Das »Ayal« verfügte über einen gemütlichen Loungebereich mit einem unkomplizierten Service, einem qualitativ hochstehenden Foodkonzept sowie einer zwanglosen, unbeschwerten Atmosphäre bei visionärer ChilloutHintergrundmusik.

Nachdem sie Platz genommen hatten, rief Marc das französische Restaurant an und bestellte für zwanzig Uhr einen Tisch für vier Personen. Dann widmete er sich dem anregenden Geplauder mit drei außergewöhnlichen Menschen.

Manchmal widerfahren einem Dinge im Leben, dachte er, *bei denen man das Gefühl hat, es handele sich um Fügung.* Dieser Gedanke hatte durchaus seine Berechtigung. Denn dass sich hier mehr oder wenig zufällig zwei Geschwisterpaare über den Weg gelaufen waren, die zudem noch in einer höchst eigenwilligen Beziehung zueinander standen, konnte man durchaus als Fügung betrachten.

Nach ungefähr einer Stunde taute Lord Randolph richtig auf. Der abweisende erste Eindruck erwies sich als Trugschluss. Im Gegenteil. Nach dem zweiten Whiskey erwies sich der Adelige als äußerst aufgeschlossener und geradezu witziger Alleinunterhalter. Marc hatte sogar das Gefühl, dass sich der 13. Earl of Suttonborough ernsthaft für Brittany interessierte.

Dieses Gefühl steigerte sich, als sie schließlich zum Dinner gingen. Lord Randolphs Verhalten gegenüber Brittany war mehr als nur Höflichkeit. Je weiter der Abend fortschritt, desto vertrauter wurden ihre Gespräche.

Und dann kam, was kommen musste: Brittany und Lord Randolph tauschten ihre Handynummern aus.

***

Eric hatte inzwischen eine Mikrokamera besorgt und auch einen Plan entworfen, wie es Loreen gelingen könnte, die winzige Kamera unauffällig in Kittys Zimmer anzubringen. Er wollte sich mit Loreen treffen, um ihr seinen Plan zu erläutern. Marc und Ivana sollten, wie zuvor verabredet, bei diesem Treffen dabei sein.

Nicole du Barry wurde über die geplante geheime Vierer-Konferenz informiert, und wie es ihre Art war, stellte sie sofort ihre Villa als Treffpunkt zur Verfügung.

Das kam Marc und Eric natürlich sehr entgegen. Denn da sich in Nicoles Haus auch die Räumlichkeiten der exklusiven »VögelBar« befanden, würde sich für Ivana und Loreen gleich eine Gelegenheit bieten, den Lohn, den sie von den smarten Herren vorab erhalten hatten, »abzuarbeiten«.

Marc und Eric nutzten diesen herrlichen Sommertag zur erweiterten Mittagspause, als sie gegen halb eins bei Nicole vorfuhren. Kurz darauf trafen auch Ivana und Loreen ein.

Nicole öffnete ihnen gutgelaunt und bot ihnen gleich ein Erfrischungsgetränk an.

Dass die blonde Loreen ein ganz heißer Feger war, sah Nicole auf einen Blick. Wenn die anderen drei Herrschaften entsprechende Empfehlungen geben würden, läge es praktisch auf der Hand, auch Loreen in den Club »VögelBar« aufzunehmen.

Aber so weit war es ja noch nicht. Jetzt ging es erst mal um das Geheimtreffen, bei dem Nicole nicht stören wollte.

Nicole geleitete ihren Besuch ins Wohnzimmer.

»Hier könnt ihr euch ungestört unterhalten«, sagte sie, wobei sie insgeheim hoffte, doch zum Bleiben aufgefordert zu werden. Aber Eric wollte, wie es seinem anwaltlichen Naturell nun mal entsprach, so wenige Mitwisser wie möglich haben. Und das spürte Nicole. »Ruft mich, wenn ihr etwas benötigt«, ergänzte sie. Dann verließ sie den Raum.

Nachdem sie am Wohnzimmertisch Platz genommen hatten, holte Eric ein Schächtelchen aus seiner Hosentasche. Es enthielt eine Mikrokamera nebst Minirekorder. Die Kamera war so unglaublich klein, dass man sie ohne weiteres übersehen konnte. An ihrer rückwärtigen Seite besaß sie eine winzige Haftfolie, die sicherstellte, dass sie praktisch überall angebracht werden konnte. Dann erläuterte er die technischen Details. Die Linse war so beschaffen, dass sie selbst große Räume zur Gänze erfassen konnte. Darüber hinaus erlaubte eine spezielle Mechanik, das Blickfeld per Funksignal in unterschiedlichem Grade heranzuzoomen.

»Im freien Handel gibt's so was nicht, hab ich recht?«, sagte Ivana.

Eric überhörte ihre Frage. Selbstverständlich waren solche raffinierten technischen Spielzeuge nicht auf dem freien Markt zu erwerben. »Das einzige Handicap ist die Reichweite des Funksignals. Wenn wir ein Nümmerchen zwischen Kitty und ihrem Vater live verfolgen wollten, müssten wir uns innerhalb eines Radius von zweihundert Yards bewegen, andernfalls würde der Kontakt abreißen. Und so was geht natürlich aus zwei Gründen nicht. Erstens wissen wir nicht, wann es passiert, und zweitens wäre es viel zu auffällig, wenn wir uns immer in der Nähe des Nachtclubs aufhielten.«

»Und wie willst du dieses Problem lösen?«, fragte Marc.

»Wir müssen mit dem Rekorder arbeiten. Er verfügt über einen Sensor, der die Kamera und das Mikrofon erst einschaltet, sobald Stimmen im Zimmer zu hören sind.«

»Raffiniert«, meinte Ivana. »Aber der Rekorder hat natürlich auch nicht unendlich viel Speicherplatz.«

»Natürlich nicht, aber er reicht aus, um Kittys Zimmer rund zwei Wochen lang zu überwachen. Wenn alles gut geht, liefert Loreen die Kamera nach zwei Wochen bei mir ab, und dann können wir uns an die Auswertung machen.«

»Und wo soll die Kamera angebracht werden? Schließlich darf sie nicht vorzeitig entdeckt werden«, sagte Marc.

»Die ganze Operation macht natürlich nur dann Sinn, wenn wir Kittys Räumlichkeiten ganz genau kennen.« Er wandte sich an Loreen: »Hast du ein paar Fotos von ihrem Zimmer machen können?«

Loreen nickte. Dann kramte sie eine Digitalkamera aus ihrer Handtasche und zeigte den anderen ihre Aufnahmen.

»Okay«, sagte Eric, nachdem er die Bilder der Reihe nach inspiziert hatte. »Auf jeden Fall empfiehlt es sich, die Kamera etwas erhöht und direkt gegenüber Kittys Bett anzubringen. Es sollte ein Ort sein, wo so schnell keine Putzfrau hinlangt ... Hier, dieses Bild dort hat einen schwarzen Rahmen. Wenn du die Kamera in diese Ecke hineinklebst, bin ich mir sicher, dass sie selbst beim Staubabwedeln nicht gefunden wird.«

Loreen nickte. Sie rechnete sich gerade ihre Chancen aus, die Kamera in Kittys Zimmer zu schmuggeln. Das Anbringen wäre eine Sache von Sekunden – das Problem waren die Wachleute.

»Gibt es noch irgendwelche Unklarheiten?«, fragte Eric schließlich.

»Nein.«

»Okay. Dann drücke ich dir die Daumen, dass du Erfolg hast.«

»Danke.«

Eric packte die winzige Apparatur zurück in das Schächtelchen und schob es Loreen über den Tisch. Diese ließ es umgehend in ihrer Handtasche verschwinden.

»Jetzt könnte ich etwas Alkoholisches gebrauchen«, seufzte sie und lehnte sich zurück.

»Jetzt könnten wir alle etwas Alkoholisches gebrauchen«, sagte Eric lachend und stand auf.

Die anderen erhoben sich ebenfalls.

»Ich schlage vor, wir zeigen Loreen unseren Clubkeller«, meinte Marc. »Der verfügt nämlich über eine fantastische Bar.«

»Super Idee.«

Nicole kam ihnen im Foyer entgegen. »Na, war eure geheime Unterredung erfolgreich?«

»Ich denke schon«, sagte Eric. »Und noch mal ganz herzlichen Dank dafür, dass du uns dein Wohnzimmer zur Verfügung gestellt hast.«

»Aber Chérie, das ist doch selbstverständlich.«

»Nein, so was ist keinesfalls selbstverständlich. Es beweist nur, dass du eine großartige Freundin bist. Und jetzt trinkst du bitte ein Glas Champagner mit uns.«

»Ach, Eric.«

Loreen fiel aus allen Wolken, als sie in den Clubraum geführt wurde. Der Raum war riesig und mit roten flauschigen Teppichen, luxuriösen Couchen und Sesseln, sonderbaren Maschinen, einer roten Liebesinsel und einer todschicken Bar ausgestattet. Über der ganzen Szenerie lag ein ungemein warmes Licht.

»Oh mein Gott, das ist ja Wahnsinn!« Sie schlug die Hände vors Gesicht. »Und hier treibt ihr es also.« Sie kriegte sich gar nicht mehr ein.

Marc hatte sich inzwischen an die Bar begeben und öffnete die erste Flasche Champagner. Eric besorgte unterdessen fünf Champagnerflöten und stellte sie der Reihe nach auf ein Silbertablett. Sie waren im Nu gefüllt.

Gut gelaunt stieß man miteinander an.

»Auf den Erfolg unserer Undercover Operation!«, sagte Eric. Er hob sein Glas in Richtung Loreen.

»Wird schon schiefgehen«, sagte diese.

Nach dem zweiten Glas waren sie alle ziemlich angeheitert, und die Frauen kamen allmählich in Stimmung.

Marc fragte, ob jemand Lust habe, mit ihm in den Whirlpool zu steigen.

Was für eine Frage!

Flugs hatten sich alle ihrer Kleidung entledigt und standen kurz darauf unter der Dusche.

Loreen hatte schon einiges in ihrem Leben gesehen, aber Erics Riesenschwanz brachte sie fast aus dem Gleichgewicht.

»Darf ich mir den mal etwas genauer ansehen?«, fragte sie.

»Aber klar doch«, lachte Eric.

Sie hockte sich vor ihn, wichste ihn ein paar Mal und wunderte sich, dass er noch größer wurde. »Das ist ja ein richtiger Pferdepimmel. Wie soll ich den denn in den Mund nehmen?«

»Versuch's doch einfach.«

Sie öffnete ihren Mund und stülpte ihre Lippen über seine langsam anschwellende Eichel.

»Darfst du das denn schon?«, neckte Eric sie. »Wie alt bist du eigentlich?«

»Neunzehn.«

»Okay, in dem Alter darf man das.« Er lachte. Wobei er in Wirklichkeit nur daran dachte, dass sie ihm mit ihrem langen hellblonden Haar, ihrer Ponyfrisur und diesem zuckersüßen kleinen Hintern wirklich sehr gut gefiel.

Im Whirlpool ging es dann richtig zur Sache. Marc hatte eine zweite Flasche Champagner aufgemacht und füllte das prickelnde Nass reihum in die Gläser.

Der Champagner und das aus den unterirdischen Düsen hervorsprudelnde Wasser heizten die Stimmung der Frauen weiter an. Nach schier endlosem Knutschen, Streicheln und Lecken platzte Nicole schließlich der Kragen.

»Ich will ficken!«, rief sie aus.

»Ich auch!«, kam es umgehend von Loreen.

Das ließen sich die Männer natürlich nicht zweimal sagen.

Die Frage, ob sie in den Clubraum gehen oder ihre Lust gleich an Ort und Stelle stillen sollten, stellte sich erst gar nicht.

Nicole kletterte aus dem Wasser und legte sich auf eine der weichen Kunststoffmatten, die den Beckenrand umgaben. Marc war sofort zur Stelle. Er spreizte ihre Beine und drang in sie ein.

Loreen war ebenfalls dermaßen scharf, dass ihr jetzt jegliches weitere Vorspiel einfach nur lästig gewesen wäre. Eric lag noch keine fünf Sekunden auf der Matte und umklammerte seinen Hammerschwanz, da hatte sie sich bereits über ihn gehockt, um das Riesenteil in ihre enge Möse zu zwängen.

»Oh mein Gott, oh mein Gott!«, ächzte sie. »Das ist ja, als ob man von einem Tier gefickt würde.«

Ivana war die Ruhe selbst. Sie saß als einzige noch im Pool. Ihr Kopf ruhte auf einer Nackenrolle. Sie hatte ihre Arme über den Beckenrand gelegt und sah dem Treiben der Freunde belustigt zu. »Wehe, ihr spritzt ab, ohne es mir vorher anständig besorgt zu haben«, rief sie den Männern zu.

»Keine Sorge«, sagte Marc, »du gehst heute bestimmt nicht leer aus.«

Während sich der Raum allmählich mit Stöhnen und spitzen Lustschreien füllte, blieb Ivana weiterhin im Wasser, knetete ihre Brüste und massierte sanft ihre Klitoris.

Nachdem Nicole und Loreen ihren Orgasmus hatten, blieben die Männer noch eine Weile mit sanfteren Stößen in ihnen, ließen dann aber von ihnen ab. Marc setzte sich an den Rand des Whirlpools und ließ seine Beine ins Wasser baumeln. Zwei Minuten später setzte sich Eric zu ihm.

»Was ist, brauchst du 'ne besondere Einladung?«, fragte Marc Ivana.

Ivana watete grinsend durch das Wasser. »Natürlich nicht, schließlich habt ihr ja dafür bezahlt.«

Das saß. Nicole hob erstaunt eine Augenbraue.

Ivana beugte sich über Marcs Schwanz und lutschte ihn.

Da sich die süße Russin im Club ohnehin den Ruf eines kleinen Analluders erworben hatte und auch die einzige war, die Erics Prügel mit dem Arsch aufnehmen konnte, hielt dieser seine Stunde nun für gekommen.

Er rutschte ins Wasser und trat hinter sie. Mit der einen Hand spreizte er ihre Arschbacken, mit der anderen hielt er seinen Schwanz umklammert. Für eine Vorauskasse von dreihundert Pfund durfte man ja schon das Besondere erwarten, dachte er. Vorsichtig drückte er seine pralle Eichel gegen ihre Rosette. Sie gab sofort nach. Trotzdem dauerte es noch ein Weilchen, bis er sich ein Stückweit in sie hineingearbeitet hatte. Denn ein solcher Riesenprügel war selbst für eine professionelle Arschfickerin wie Ivana kein Zuckerlecken.

Endlich flutschte es. Langsam und gefühlvoll bewegte er sich in ihr, und Ivana kommentierte seine perfekte Art zu ficken mit wollüstigem Gestöhne. Es gab nicht den geringsten Zweifel, dass sie seine Stöße sehr genoss.

Nicole und Loreen vergnügten sich indessen miteinander.

Während die Clubchefin mit weit gespreizten Beinen auf dem Rücken lag, hatte sich die geile Blondine in der praktischen 69erStellung über sie gehockt und leckte sie. Ihre Muschi ruhte über Nicoles Gesicht, und die wiederum knabberte mit ihren Zähnen gerade an ihren inneren Labien.

Eric zog seinen Schwanz aus Ivanas Arsch und schob ihn stattdessen in ihre Möse. Mein Gott, war sie nass!

Jetzt kam Ivana richtig in Fahrt. Dunkle, fast animalische Laute entfuhren ihrer Kehle, sodass sie große Schwierigkeiten hatte, sich auf Marcs Schwanz zu konzentrieren.

Als ihr Stöhnen allmählich in lautes Schreien überging, gab es für Marc kein Halten mehr. Er nahm seinen Schwanz in die Hand und wichste sich. Dann kam er mit lautem Stöhnen. Mehrere Fontänen heißen Spermas spritzten in Ivanas Gesicht.

Auch Eric konnte sich nicht länger zurückhalten. Er verzog das Gesicht vor Anspannung. Dann kam er wie hundert Hengste.

***

Unter normalen Umständen hätte Sandy aufs Shoppen verzichtet. Eigentlich hatte sie überhaupt keine Zeit, weil in drei Wochen ihre Ausstellung war: Die dritte Londoner »Schmucknacht« stand vor der Tür. Und dafür musste sie noch jede Menge Einzelstücke anfertigen: Ringe, Ketten, Ohrschmuck und natürlich die ganz speziellen Preziosen für den Intimbereich, für die sie in ganz London berühmt war. Sie verbrachte in diesen Tagen viele Stunden an der Werkbank, weil jedes Stück eine kleine Kostbarkeit war und mit viel Liebe und filigraner Handarbeit sehr aufwendig angefertigt werden musste.

Es war allein die Aussicht auf ein grandioses Schnäppchen, die sie dazu bewegte, mit ihrer Freundin Paula heute die Prada Boutique aufzusuchen.

Die beiden Frauen hatten sich vorher bei Antonia Sanchez, der Store Managerin, telefonisch angekündigt, um sicherzugehen, dass sie sie anträfen.

Die glitzernde Fassade des Luxusgeschäfts lag in der prallen Mittagssonne, als Sandy und Paula durch den noblen Eingang schritten. Das Personal war bereits eingeweiht und begrüßte sie mit eingefrorenem Lächeln. Eine elegante Dame mit den markanten Zügen einer Gouvernante kam auf sie zu. »Eine Sekunde bitte, ich sage Miss Sanchez Bescheid, dass Sie eingetroffen sind.« Dann wählte sie eine Nummer, aber sie sprach so leise in den Hörer, dass sie kaum zu verstehen war.

Nachdem sie aufgelegt hatte, sagte sie: »Miss Sanchez erwartet Sie. Folgen Sie mir bitte.«

Im Büro der Store Managerin setzte man sich sogleich an einen ultraschicken Designertisch. Antonia bot den beiden Damen ein Erfrischungsgetränk an.

Schnell stellte sich heraus, dass Paula eine geschickte Verhandlungsführerin war.

Man einigte sich schließlich auf den folgenden Deal: Jede der Frauen erhielt die Aussicht auf zwei Prada Produkte. Welche das sein würden, bestimmten die Frauen. In einem ersten Schritt dürften sie sich jetzt jeweils einen Artikel aussuchen und bekämen darauf einen Nachlass von neunzig Prozent. Dafür müssten sie im Gegenzug umgehend Kontakt mit der »VögelBar«-Leitung aufnehmen und Antonia Sanchez für die Teilnahme an einem Clubtreffen vorschlagen. Sollte es seitens der Clubleitung eine positive Reaktion geben und Antonia tatsächlich an einem Clubnachmittag teilnehmen, dürften sich die Damen in einem zweiten Schritt jeweils einen weiteren Artikel aussuchen. Den würden sie dann allerdings gratis erhalten. Alle vier Produkte würden selbstverständlich aus der neuen Herbstkollektion stammen.

»Ein guter Deal«, stellte Paula zufrieden fest.

»Und, habt ihr euch schon entschieden?«, fragte Antonia, nachdem das Wichtigste geklärt war.

»Ja«, sagte Paula. »Ich war bereits auf eurer Homepage und weiß jetzt genau, was ich haben möchte. Heute nehme ich ein Kleid mit, und sobald für dich der Erfolgsfall eingetreten ist, eine zum Kleid passende Tasche.«

»Und du?«, wandte sich Antonia an Sandy.

»Heute eine Tasche. Und im Erfolgsfall ein Paar Schuhe.«

Antonia rang sich ein Lächeln ab. »Na, dann kommt und lasst uns die Sachen aussuchen.«

***

»Soso, du hast also eine weitere Kandidatin für unseren Club«, sagte Nicole, nachdem sie Sandy am Telefon aufmerksam zugehört hatte. »Aber wäre es angesichts unseres Frauenüberschusses nicht ratsamer, wenn wir jetzt verstärkt nach geeigneten männlichen Kandidaten Ausschau hielten?«

Sandy räusperte sich. »Nun ja, äh, diese Kandidatin ist halt eine besondere Kandidatin.«

»Eine besondere Kandidatin?«, fragte Nicole irritiert.

»Antonia ist eine Transe.«

»Oh, das ist ja wirklich mal was Neues.«

»Paula und ich haben sie bereits getestet. Sie ist wirklich sehr, sehr weiblich – sie hat halt einen Schwanz.«

»Ist der wenigstens groß?«

»Und wie! Nach meiner Einschätzung könnte sie etwas für den Club sein.«

»Kann schon sein, aber wie würden die Männer reagieren?«

»Noch ist es ja nicht soweit. Ich schlage vor, dass du und Marc sie euch erst mal anschaut. Später können wir ja darüber abstimmen.«

»Ich mache dir einen Vorschlag, Sandy. Ich werde mich mit der Dame auf einen Kaffee treffen. Allein. Und nicht hier bei mir, sondern in der Stadt. Und dann werde ich nach meinem Gefühl entscheiden.«

»Klingt vernünftig. Soll ich das vermitteln oder ...«

»Nein, nein. Sag mir ihren vollständigen Namen und gib mir bitte ihre Handynummer, falls du sie hast.«

»Hast du was zu schreiben da?«

»Ja.«

»Sie heißt Antonia Sanchez. Sie ist Brasilianerin, etwa achtundzwanzig Jahre alt und leitet eine Prada Boutique.«

Und dann gab sie ihr Antonias Handynummer.

***

Marc sah zur Sicherheit noch mal im Internet nach. Auf der Homepage des Flughafens London Heathrow gab es keinerlei Hinweise auf eine eventuelle Verspätung.

Ingas Maschine würde pünktlich um 11.45 Uhr landen.

Und er wollte ebenfalls pünktlich sein. Um auf Nummer Sicher zu gehen, plante er sowohl das mittägliche Verkehrsaufkommen als auch die Suche nach einem Parkplatz ein.

Gegen zwölf Uhr betrat er die große Ankunftshalle und stellte sich dann zu den übrigen Wartenden.

Da kam sie. Jeans, weiße Bluse, groß, strohblond und mit einer schönen Sommerfrische im Gesicht. Sie zog einen anthrazitfarbenen Samsonite Trolley hinter sich her. Als sie Marc entdeckte, beschleunigten sich ihre Schritte. Sie ließ ihren Trolley fallen und fiel ihm in die Arme. Sie umklammerte ihn mit der Leidenschaft einer Ertrinkenden, und er sah, wie ihre Augen einen feuchten Schimmer bekamen.

Mein Gott, war diese Frau schön! Und sie liebte ihn wirklich. Nicht nur mit ihrer Möse, sondern mit allem, was sie hatte.

Jede ihrer SMS – und es waren verdammt viele gewesen – hatte sie immer mit »Deine treue Inga« unterzeichnet.

Marc bekam ein schlechtes Gewissen.

»Ich habe dich so sehr vermisst, Liebster«, hauchte sie.

»Und ich dich erst.«

Auf der Heimfahrt erzählte sie von ihren Eltern, die in einem kleinen Stockholmer Vorort lebten, von ihren beiden Schwestern, ihren Verwandten und was sie mit ihren schwedischen Freunden unternommen hatte. Marc hörte ihr geduldig zu. Drei Wochen war sie in Schweden gewesen. Eine schrecklich lange Zeit für eine Frau, die über beide Ohren verliebt war.

Dann fuhren sie zu ihrer Wohnung. Inga riss erst mal alle Fenster auf, damit frische Luft hereinkam. »Ich würde so gern für dich kochen, Liebster, aber ich hab ja nichts im Haus.«

»Das macht nichts. Wir können ja gleich was essen gehen.«

»Gute Idee, aber zuerst müssen wir uns richtig lieb haben.«

»Du bist wohl heiß, was?«

»Marc, ich laufe aus ... Lass mich schnell duschen, okay?«

Sie schnappte sich ihren Trolley und verschwand damit im Schlafzimmer.

Nach wenigen Minuten kam sie frisch geduscht und mit wiegendem Schritt auf ihn zu.

Marc traf fast der Schlag, als er sie sah.

»Wahnsinn!«

Es waren ihre Dessous, die ihn umhauten.

»Ich wusste, dass dir das gefällt. Habe ich mir in Stockholm gekauft … Extra für dich …«

Und wieder lagen sie sich in den Armen und tauschten innige Zungenküsse aus. Marcs Hände verschwanden in ihrem Slip und streichelten ihren spiegelglatten Hintern. Dann wanderten sie nach vorn. Ihre Möse war frisch rasiert, ganz glatt und mit duftenden Essenzen eingecremt. Während er sie streichelte, merkte er, dass sie schon wieder feucht war.

Sie löste seine Gürtelschnalle, zog den Reißverschluss auf und strich liebevoll über die schnell anschwellende Beule.

»Oh, da freut sich schon einer«, sagte sie. Dann zog sie ihm die Hosen ein Stückweit herunter. Sein Schwanz sprang ihr geradezu entgegen.

»Er hat sich so sehr nach dir gesehnt«, sagte Marc.

Sie lächelte. Dann ging sie in die Hocke und nahm ihn in den Mund. Sie lutschte und leckte ihn wie eine Verhungernde.

Schnell schwoll er zur vollen Größe an.

»Komm«, sagte sie schließlich. Sie nahm ihn bei der Hand und zog ihn hinter sich her ins Schlafzimmer.

Sein Schwanz war inzwischen so hart geworden wie ein Stück Holz. Als er zwischen ihre großen Schamlippen glitt und sie langsam voneinander löste, schloss sie die Augen und stöhnte auf.

»Oh, wie ich dieses Gefühl liebe«, seufzte sie.

Es war ein richtiger Liebesfick. Mit all der Innigkeit, dem süßen Schmerz und dem Drama.

Als er abspritzte, hatte er einen klatschnassen Rücken.

Ingas Brust glühte, denn sie war diesmal außergewöhnlich stark gekommen.

Nachdem ihre erste Geilheit befriedigt war, kuschelten sie sehr lange, und Inga träufelte ihm die süßesten Worte ins Ohr. Aber als sie dann leise sagte: »Bei mir war es damals Liebe auf den ersten Blick«, zuckte Marc doch etwas zusammen. Er kannte diese beschwörerische Formel nur zu genau, denn er hatte sie schon x-mal von anderen Frauen gehört – zuletzt von Emily. Und er wusste genau, womit man dieser gefährlichen Formel am besten begegnete: Mit totaler Ignoranz.

Willst du sie loswerden, so zeig ihr, dass du sie nötig hast. Möchtest du sie aber behalten, so zeig ihr, dass du sie loswerden willst.

Und da Inga im Bett einfach sensationell war, wollte er sie unter allen Umständen behalten.

***

Als sie eine halbe Stunde später in einem schönen Bistro unweit ihrer Wohnung zusammensaßen, ließ sie sich von ihm ausführlich erzählen, was in den Wochen ihrer Abwesenheit passiert war. Dabei achtete sie weniger auf seine Worte, als auf die Art, wie er sprach. Marc setzte immer kraftvolle, weit ausholende Gesten ein, um seinen Gefühlen Ausdruck zu verleihen. Sie hatte dann immer den Eindruck, als spräche er mehr zu einer Gruppe als zu ihr. Seine selbstsichere Körpersprache hatte sie von Anfang an schwer beeindruckt.

Aber da gab es etwas, dass sie ungemein wurmte. Sie hatte ihn noch keinesfalls fest an der Angel! Sie spürte das genau, denn ihr weiblicher Instinkt war außergewöhnlich stark ausgeprägt.

»Ich habe dir so viele SMS geschrieben«, sagte sie, »und es kam kaum was zurück. Verstehst du nicht, dass ich mir ziemlich blöd vorkomme, wenn ich dir ›Ich liebe dich‹ schreibe und von dir nichts zurückkommt?«

Das waren die üblichen Mechanismen, die alle Frauen – unbewusst oder halbbewusst – anwandten, um Männer an sich zu binden.

»Inga, ich war neulich beim Neurophysiologen ...«

»Und?«

»Er stellte wissenschaftlich fest, dass ich unfähig bin, die Worte ›Ich‹ sowie ›liebe‹ sowie ›dich‹ hintereinander zu sagen.«

Leider konnte sie nicht darüber lachen. Im Gegenteil: Zorn flammte in ihr auf. »Was ist mit dieser scheiß Emily, die bei unserem letzten Clubtreffen dabei war? Fickst du mit ihr? Geh doch zu Emily und fick sie!«

Marc war zu erfahren mit Frauen, als dass er diese Emotionen nicht richtig gedeutet hätte. Übersetzt bedeuteten sie nicht mehr als: Ich kann meine Geilheit auf dich kaum noch beherrschen. Lass uns bitte, bitte noch mal zu mir fahren, damit du es mir noch mal anständig besorgst!

Er ließ sich die Rechnung bringen.

»Oh, Mist, ich habe meine Brieftasche im Büro liegen lassen«, sagte er.

Sie schluckte. »Kein Problem. Ich zahle.«

Nach dem Mittagessen war seine Anziehung noch stärker geworden. Er ist einfach unwiderstehlich, gestand sie sich ein, ich kann nichts dagegen tun.

Eine Viertelstunde später lagen sie wieder in ihrem Bett, und Inga kam diesmal noch heftiger.

***

Nicole du Barry sah auf die Uhr. Sie musste gleich los. Den ganzen Tag über hatte sie an ihrem neuen erotischen Roman gearbeitet und war mit dem Ergebnis sehr zufrieden.

Nachdem ihre Lektorin bei »pink cougar books« den ersten Entwurf als sensationell eingestuft hatte und nun subtilen Termindruck ausübte, legte sie sich doppelt ins Zeug.

»Feuchte Höschen« war bereits ihr vierter Erotikroman, den sie unter dem Pseudonym Crystal Bryce veröffentlichen würde.

Sie fuhr ihr Notebook runter und ging ins Bad.

Antonia Sanchez hatte am Telefon sehr nett geklungen, und sie freute sich aufs Kennenlernen. Man hatte sich für fünfzehn Uhr im Café »Grand Marnier« verabredet.

Als Nicole eintraf, war Antonia bereits anwesend. Sie trug ein elegantes weißes Kostüm, dem man auf Anhieb seine Preisklasse ansah – natürlich ihre Hausmarke.

»Wissen Sie, Miss Sanchez«, sagte Nicole, nachdem sie sich eine halbe Stunde lang etwas besser kennengelernt hatten, »ich rede nie lange um den heißen Brei. Sie gefallen mir sehr, aber wie Sie vielleicht von Sandy Summers bereits erfahren haben, legen wir in unserem Club gewisse Maßstäbe an.«

»Wenn ich an mich selbst nicht immer nur die höchsten Maßstäbe anlegen würde, säßen wir jetzt gar nicht hier zusammen, Madame du Barry, und ich würde mich gar nicht erst für Ihren Club bewerben.«

Nicole hob eine Augenbraue. »Miss Summers hat Ihnen vielleicht auch gesagt, dass wir im Club ein akutes Männerdefizit haben. Wir verfügen zwar über ein Großaufgebot von jungen, attraktiven und vor allem sehr geilen Frauen, aber mit Männern tun wir uns immer noch etwas schwer. Unsere Messlatte für das männliche Geschlecht liegt ziemlich hoch, denn unsere Frauen sind sehr anspruchsvoll.«

»Ich bin ebenfalls eine Frau, Madame.«

»Mag sein, dass Sie sich wie eine solche fühlen, aber Ihre Geschlechtsorgane sind die eines Mannes.«

»Allerdings.«

»Nun denn, die Mädchen in unserem Club legen vermutlich mehr Wert auf Ihren Schwanz als auf die Frage, ob Sie sich für eine Frau halten ... Worauf es uns allerdings ebenfalls sehr ankommt ...«

»Ja, bitte?«

»Nun, unsere Mitglieder müssen locker, tolerant und potent sein. Bei uns geht es nämlich absolut tabulos zu.«

»Das trifft auf mich vollkommen zu.«

»Die Umgangsformen sollten ebenfalls stimmen. Unsere Mitglieder müssen kultiviert und gebildet sein.«

»Ich denke, da kann ich mithalten.«

»Außerdem legen wir großen Wert auf Diskretion und Freundschaft. Wie ich schon sagte: Wir sind absolut tabulos, aber ein kultiviertes menschliches Miteinander ist ein Muss!«

»Madame du Barry, seien Sie versichert, dass ich den hohen Ansprüchen Ihres Hauses vollauf genüge und dass mir

Diskretion über alles geht.«

»Das hört sich gut an, Miss Sanchez.« Nicole lächelte zufrieden. »Dann schlage ich vor, dass wir uns jetzt in ein Hotel begeben und den Ernstfall üben.«

Eine halbe Stunde später rekelte sich eine splitterfasernackte Nicole du Barry in der Seidenbettwäsche eines noblen Hotels und ließ sich von Antonias großem Schwanz nach Strich und Faden durchvögeln.

***

Loreen hatte im Laufe der Zeit eine hohe Sensibilität für die Gepflogenheiten und unterschiedlichen Naturelle des Wachpersonals entwickelt. Im »Shestnadzat« gab es knallharte und hellwache Typen, da gab es allerdings auch solche, die von nächtlichen Trinkgelagen dermaßen angeschlagen waren, dass sie ihre Augen am nächsten Tag kaum mehr aufhalten konnten.

Außerdem war der Zeitpunkt, an dem die Putzkolonne anrückte, um die Zimmer der Mädchen auf Hochglanz zu bringen, immer der gleiche: Punkt elf Uhr morgens. Spätestens dann hatten die Mädchen aus den Federn zu sein. Da das Putzpersonal sehr verlässlich und schon seit vielen Jahren für Burjakin tätig war, genoss es großes Vertrauen. Entsprechend nachlässig waren ihm gegenüber die Sicherheitskräfte.

Es war viertel nach elf, als Loreen den Zeitpunkt für die Durchführung der Operation für gekommen hielt. Sie war bereits seit einer halben Stunde auf den Beinen und hatte auf dem Weg zum Frühstück Igor begrüßt.

Igor Golubev war dreiundzwanzig Jahre alt und von allen Wachleuten der Nachlässigste. Außerdem hatte er schon seit langem ein Auge auf Loreen geworfen. Bereits auf dem Weg zum Frühstück hatte sie Igor einen aufreizenden Blick zugeworfen, den dieser unmöglich missverstehen konnte. Ungeduldig wartete er auf Loreens Rückkehr.

Als sie zurückkehrte, sah sie, dass die Zimmertüren der Mädchen allesamt offenstanden. Ihr eigenes Zimmer war bereits tiptop durchgewischt und aufgeräumt. Es roch nach Putzmittel. Wieder warf sie Igor einen verführerischen Blick zu. Der fasste seinen ganzen Mut zusammen und winkte sie zu sich. Sie wechselten ein paar Worte, die bei Igor letzte Zweifel ausräumten.

»Wir müssen aber verdammt vorsichtig sein«, flüsterte Loreen. »Geh bitte schon mal vor auf mein Zimmer, bevor die Putzfrauen etwas mitkriegen. Ich komme sofort nach.«

Igors Augen leuchteten auf.

Auf dem Flur war jetzt außer ihnen niemand zu sehen. Sekunden später war Igor in Loreens Zimmer verschwunden. Diese machte schnell die Tür hinter ihm zu.

Die folgende Sequenz hatte sie im Geiste schon hundertmal durchgespielt, und sie wunderte sich jetzt selbst, wie leicht die Umsetzung von Erics Plan war.

Auf leisen Sohlen hüpfte sie in Kittys Zimmer und klebte die Mikrokamera exakt an die Stelle im unteren linken Rand des Bilderrahmens, die Eric zuvor ausgewählt hatte. Als sie das Ergebnis aus einem Meter Entfernung betrachtete, war sie begeistert: Die Wahrscheinlichkeit, dass dieses Ding vorzeitig entdeckt würde, war gleich Null.

Als sie nun in ihr eigenes Zimmer zurückkehrte, überraschte sie Igor, wie er gerade am Waschbecken stand und sich seinen Schwanz wusch.

***

Gegen Mittag erhielt Marc einen Anruf von Lady Gladys. »Na, wie fandest du unseren netten Abend neulich?«, fragte sie.

»Gut, dass du dich meldest«, sagte Marc. »Ich habe sehr viel über diesen denkwürdigen Abend nachgedacht.«

»Wieso?«

»Nun, ich hatte mir ein ganz anderes Bild von deinem Bruder gemacht.«

»Inwiefern?«

»Ich dachte, da erwartet mich ein gebrochener Mann, ein

eingeschüchtertes Häufchen Elend. Aber das Gegenteil war der Fall. Für einen Mann, der gerade wegen Missbrauchs einer Minderjährigen erpresst wird, machte Lord Randolph einen erstaunlich ... Wie soll ich sagen ... Gefestigten und selbstbewussten, um nicht zu sagen: souveränen Eindruck.«

»Das sind die Medikamente.«

»Was für Medikamente?«

»Ich habe den Namen vergessen. Er nimmt irgendetwas ein, das ihn euphorisch stimmt. Das ändert aber nichts an der Tatsache, dass er in großen Nöten steckt. Seitdem er dieses Medikament nimmt, öffnet er sich mir gegenüber etwas. Er hat mir bestätigt, dass sich alles so verhält, wie wir es schon vermutet hatten. Er war wiederholt in diesem Nachtclub. Er hatte auch was mit der Kleinen. Und er wird tatsächlich von Burjakin erpresst. Jetzt überlegt er sogar, ob es nicht am besten wäre, einen Auftragskiller zu beauftragen und Burjakin aus dem Weg räumen zu lassen.«

»Das sollte er besser bleiben lassen«, sagte Marc entschlossen. »Ich habe dir ja sein Horoskop zugeschickt. Es sieht nicht allzu schlecht aus, und es lässt auf einen guten Ausgang der Geschichte hoffen. Ich denke, dass unsere Methode die bessere ist.«

»Du meinst die Sache mit der Mikrokamera?«

»Ja.«

»Hast du diesbezüglich schon irgendetwas gehört?«

»Ja. Gerade rief mich Ivana, meine russische Spionin, an. Ihrer Freundin Loreen ist es offensichtlich gelungen, die Mikrokamera anzubringen – direkt im Zimmer von Burjakins Tochter.«

»Oh, das hört sich gut an.«

»In der Tat. Und wenn man den Erzählungen der Mädchen in Burjakins Nachtclub Glauben schenken darf, dann dürfte es angesichts des umtriebigen Verhaltens seiner Tochter nicht allzu lange dauern, bis wir über einschlägiges Beweismaterial verfügen.«

»Das wäre natürlich super. Dann wäre Randolph sofort aus dem Schneider.«

»Ja, so gut wie ... Hat sich dein Bruder eigentlich dir gegenüber schon über meine Schwester geäußert?«

»Nein, auf diesen Punkt wollte ich dich ebenfalls heute ansprechen. Randolph schweigt eisern. Keine Ahnung, wie ich das deuten soll.«

Marc lachte. »Ebenso ergeht es mir mit Brittany. Keine Silbe kriege ich aus ihr raus.«

»Meinst du, da läuft schon was?«

»Hast du nicht gesehen, wie sie geflirtet haben?«

»Und wie! Sie haben sogar ihre Handynummern ausgetauscht.«

»Meinen Segen haben sie.«

Lady Gladys lachte. »Meinen auch ... Sag mal, stehst du auf Überraschungen?«

»Kommt drauf an.«

»Randolph fliegt an diesem Wochenende in die USA. Das heißt, Tottenham Castle ist für ein paar Tage vollkommen verwaist. Hättest du Lust, mal ein ganzes Wochenende mit mir dort zu verbringen? Wir könnten fantastische Spaziergänge unternehmen ...« Sie geriet hörbar ins Schwärmen.

Marc schossen bei ihren Worten zehn Gedanken gleichzeitig durch den Kopf. Zuallererst würde das bedeuten, dass er einen weiteren Clubnachmittag in der »VögelBar« sausen lassen müsste. Des Weiteren ...

»Gladys, das ist eine super Idee«, sagte er schließlich. »Nur zu gern.«

»Okay, wir werden mit meinem Wagen fahren. Ich hole dich am Samstagvormittag gegen elf ab.«

***

»Marc, seit einer Stunde versuche ich, dich zu erreichen«, sagte Nicole mit vorwurfsvollem Unterton. »Bei dir ist ja dauernd besetzt!«

»Ja, entschuldige bitte, aber heute ist hier die Hölle los. Was kann ich für dich tun?«

»Ich muss dich dringend sprechen.«

»Worum geht's?«

»Ich habe gestern eine sehr interessante Brasilianerin kennengelernt. Sie heißt Antonia und leitet eine Prada Boutique.«

»Aha.«

»Ich möchte natürlich keine Entscheidung an dir vorbei treffen, deshalb rufe ich dich vorher an. Aber ich habe das starke Gefühl, dass Antonia etwas für die ›VögelBar‹ ist.«

»Nicole, du weißt, dass ich deinem sicheren Urteil blind vertraue, aber haben wir nicht ohnehin schon einen leichten Frauenüberschuss?«

»Bien sûr! Antonia ist allerdings eine besondere Frau ...«

»Wie meinst du das?«

»Sie hat einen Schwanz!«

Es dauerte etwas, bis bei Marc der Groschen fiel. »Eine Transe?«

»Oui, Chérie.«

Schweigen.

»Sie ist wirklich sehr, sehr nett«, fuhr Nicole fort. »Sehr kultiviert. Und sie hat mich gestern geradezu brillant durchgefickt. Ich denke, wir sollten es auf einen Versuch ankommen lassen.«

»Okay, dann lass es uns mit ihr versuchen«, sagte Marc schließlich, wobei er sich gerade Erics dummes Gesicht vorstellte, das dieser todsicher machen würde, sobald die Dame ihren Schwanz ausgepackt hätte.

»Du bist ein Schatz, Chérie«, sagte Nicole.

»Ach, Nicole ... Da gibt es etwas, das ich dir unbedingt sagen muss ... Sei mir bitte nicht böse, aber an diesem Wochenende kann ich schon wieder nicht.«

»Marc!«

»Ich weiß. Es tut mir auch wahnsinnig leid. Aber die Arbeit wächst mir zurzeit einfach über den Kopf.«

Nicole seufzte. »Na ja, besser zu viel als zu wenig Arbeit.«

***

Was für ein herrlicher Sommertag. Die Sonne stand hoch am azurblauen Himmel und stach.

Als Marc ihren silberfarbenen Aston Martin DBS vorfahren sah, trat er vor die Haustür und ging ihr entgegen.

Sie stieg aus.

Was für eine strahlende Schönheit!

Lady Gladys trug ein kurzes Sommerkleid und sah unternehmungslustig aus. Sie nahm ihre Sonnenbrille ab. Dann umarmten sie sich.

»Möchtest du noch kurz reinkommen?«, fragte er.

»Nein, wir können gleich weiterfahren.«

»Gut. Ich hole meine Sachen.« Er ging zum Haus zurück, holte seine Reisetasche aus der Diele und schloss hinter sich ab. »Wie lange werden wir brauchen?«, fragte er, während er seine Tasche in ihrem Kofferraum verstaute.

»Oh, das hängt ganz vom Verkehrsaufkommen ab. Mit drei Stunden solltest du aber schon rechnen.«

Als er auf dem Beifahrersitz Platz genommen hatte, legte sie kurz ihre Hand auf sein Knie, drückte einmal fest zu und lächelte vieldeutig. Diese Geste sollte wohl besagen, dass ihm ein Wochenende bevorstand, an dem er gefordert würde. Dann legte sie den ersten Gang ein und brauste ab.

»Ist dein Handy noch an?«, fragte sie nach einer Weile.

»Klar.«

»Mach es bitte aus.«

»Warum?«

»Tu's mir zuliebe.«

»Ich denke gar nicht daran.«

Nach rund einer Stunde hatten sie London hinter sich gelassen. Sie fuhren jetzt durch verschiedene Grafschaften, und Lady Gladys erzählte ihm viel über Tottenham Castle. Es war im Jahr 1189 erbaut worden und hatte sich seither ausnahmslos im Besitz ihrer Familie befunden, der es an schillernden

Persönlichkeiten noch nie gemangelt hatte.

Marc versuchte abzuschätzen, ob vielleicht schon während der Autofahrt was laufen würde, aber das konnte er beim besten Willen nicht sagen. Sie war wohl mehr in Plauderlaune. Aber das konnte man ja jederzeit ändern.

Sie fuhren jetzt über eine Landstraße. Weit und breit kein Haus zu sehen. Nichts als die reine Natur. Er legte seine Hand auf ihren nackten Oberschenkel, streichelte sanft darüber und plauderte weiter.

Ihre Hormonausschüttung wurde offensichtlich etwas angeregt, denn es dauerte nicht lange, bis sie seine Streicheleinheiten erwiderte, indem sie nun ebenfalls mit einer Hand über seine Jeans strich. Als sie den Blinker setzte und in einen kleinen Waldweg abbog, sagte sie nichts, aber eine Entscheidung hatte sie längst gefällt.

Kurze Zeit später verlangsamte sie das Tempo, dann ließ sie den Aston Martin allmählich ausrollen. Als der Wagen stand, stieg sie aus und atmete einmal tief durch.

Marc hielt es nun keine Sekunde länger in diesem Luxusschlitten. Er stieg ebenfalls aus, ging um das Fahrzeug herum und baute sich vor ihr auf. Sie lehnte sich gelassen gegen den Kotflügel und lächelte. Ihr Kleid war hochgerutscht. Aber als er sie an sich ziehen und küssen wollte, drückte sie ihn weg.

»Stopp!«, sagte sie.

»Wie, stopp?«

»Ich möchte, dass du mir zusiehst.«

Marc schüttelte ungläubig den Kopf, als sie ihren Slip zur Seite zog und sich mit der anderen Hand in ihre Spalte fuhr. Während er den langsam kreisenden Bewegungen ihrer Finger zusah, dachte er: Jetzt müsste hier ein Paparazzo auf der Lauer liegen! Das Bild wäre im gesamten Königreich und in allen Gazetten auf Seite Eins. Sie wäre erledigt. Und ich wahrscheinlich gleich mit.

Dann schoss ihm ein weiterer Gedanke durch den Kopf: Sie würden sich bestimmt nicht das ganze Wochenende über nur auf dem Schloss aufhalten, sie würden spazieren gehen, vielleicht auch eins der umliegenden Restaurants aufsuchen. Vollkommen ausgeschlossen, dass sie unentdeckt blieben. Ein gefundenes Fressen für die Journalisten.

Ihr Stöhnen wurde lauter.

Will die mich hier zum Affen machen? Das Letzte, was er ihr jetzt schenken würde, wäre Aufmerksamkeit. Er setzte sich zurück ins Auto, schnappte sich sein Handy und rief Eric an.

Diese Geste beeindruckte sie offenbar schwer. Jedenfalls setzte sie sich zwei Minuten später mit einem deutlichen Anflug von Respekt neben ihn, und noch während er telefonierte, öffnete sie den Reißverschluss seiner Hose und nahm seinen Schwanz in den Mund.

Na also, geht doch, dachte er, machte allerdings keinerlei Anstalten, das Gespräch mit Eric vorzeitig zu beenden. Durch die Leitung hörte er Paula fragen: »Wer ist das?« Eric: »Es ist Marc. Er fragt, ob es heute beim Tennis bleibt.« Paula: »Ah so, ja okay, bestell ihm einen schönen Gruß von mir.«

Natürlich würde Eric heute nicht zum Tennis gehen. Er würde wie fast alle seine Freunde den heutigen Samstagnachmittag in der »VögelBar« verbringen und es sich dabei sehr, sehr gut gehen lassen.

Nach dem Telefonat konzentrierte er sich wieder auf seinen Schwanz. Es war nicht zu übersehen, dass Lady Gladys sich große Mühe gab. Diese Situation war für sie vollkommen neu. Sie war es gewohnt, dass die Männer nach ihrer Pfeife tanzten, aber bei Marc Feldman war dies offensichtlich nicht der Fall.

Er kam in ihrem Mund. Scheinbar wollte sie es, denn sie schluckte alles brav hinunter.

Dann fuhren sie weiter. Noch ungefähr eine Stunde lang. Bis Lady Gladys schließlich sagte: »Schau mal, da ist es.«

Umgeben von dichten Wäldern und einer wunderschönen Parklandschaft und mit Blick über einen kleinen Fluss, war dieses Gebäude ein prachtvolles Denkmal aus einer längst vergangenen Zeit. Ein historischer Schatz mit wunderschön gestalteten Gärten und einer friedvollen, ruhigen Atmosphäre, die ihresgleichen suchte.

»Könige und Königinnen haben hier übernachtet«, sagte Lady Gladys, während sie an uralten Gärten mit Eibenhecken vorbeifuhren.

Dann fuhren sie die lang gezogene Auffahrt hoch. An deren Ende verlor Lady Gladys auf einen Schlag ihre gesunde Gesichtsfarbe.

»Dieser Gangster!«, entfuhr es ihr.

»Was ist?«, fragte Marc.

»Das ist Randolphs Wagen!« Sie nickte in Richtung eines grünen Jaguars, der direkt vor dem Hauptportal parkte. »Er hat mir doch gesagt, dass er in die USA fliegt!«

»Vielleicht hat er es sich anders überlegt.«

»Von wegen. Er hat mich angelogen!«

Sie parkte ihren Aston Martin direkt hinter Randolphs Jaguar, stieg aus und schlug wutentbrannt die Fahrertür zu. Dann eilte sie die Stufen empor und stürzte ins Schloss.

Marc ließ sie in ihrem Drama gewähren. Er war die Ruhe selbst. Gemächlich verließ er das luxuriöse Fahrzeug.

Wirklich wunderbar, dieser Ort. Durchdrungen vom Drama der englischen Geschichte ... Er ging ein wenig spazieren und sah sich gelassen um. Irgendwann würde diese hysterische Zicke ja wieder nach draußen kommen und ihn hereinbitten.

Er musste nicht lange warten. Als er laute Stimmen hörte, wandte er sich wieder dem Haupteingang zu. Die Tür wurde aufgerissen. Drei Personen standen im Rahmen.

Er war alles andere als überrascht, außer Lord Randolph und Lady Gladys auch seine Schwester Brittany anzutreffen. Irgendwie hatte es ja auf der Hand gelegen. Aber Brittany selbst machte einen ziemlich betretenen Eindruck.

»Hallo, Schwesterherz«, rief er ihr zu. »Schön, dich zu sehen.«

Brittany sagte halblaut: »Hallo.«

»Die beiden hatten die gleiche Idee wie wir«, sagte Lady Gladys. »Sie wollten hier ein heimliches Wochenende verbringen.« Sie hatte ihre Fassung offensichtlich wiedererlangt. »Wir werden uns wohl arrangieren müssen.«

»Ich weiß gar nicht, wo das Problem liegt«, sagte Lord Randolph. »Tottenham Castle ist riesig. Kommen Sie, Marc, wir tragen das Gepäck rein.«

Während die Frauen zurück ins Schloss gingen, kam der 13. Earl of Suttonborough gelassen die Stufen herunter und begrüßte Marc auf das Herzlichste. Und als sie allein hinter dem geöffneten Kofferraum des Aston Martin standen, sagte er: »Ich kenne Gladys ja nun etwas länger als Sie, Marc. Vor dem Sex braucht sie immer ein bisschen Drama. Im Grunde ist sie ganz einfach strukturiert. Man muss nichts weiter tun, als ihr Drama eskalieren zu lassen und sie dann zu ficken.«

»Danke für den Tipp«, sagte Marc.

Im Schloss war es angenehm kühl.

Die Männer hatten soeben das wenige Gepäck in der geräumigen Eingangshalle abgestellt, weil noch nicht geklärt war, wo die Neuankömmlinge zu nächtigen gedachten, als Lady Gladys mit einem Silbertablett um die Ecke schoss.

»Auf diesen Schreck brauche ich erst mal ein Schlückchen Champagner«, sagte sie.

Brittany stand hinter ihrem Rücken und lächelte. Sie war glücklich, dass sich die angespannte Situation so schnell entschärft hatte. Sie fiel ihrem Bruder in die Arme und drückte ihn.

»Wir sind doch erwachsene Menschen«, sagte sie.

»Eben.«

Marc fühlte sich sofort wohl. Während er mit den anderen anstieß, fiel ihm ein, was Lady Gladys ihm über das Schloss erzählt hatte, wobei ihn weniger dessen Geschichte als dessen geheime Verliese interessierten.

Die Gläser waren schnell geleert. Lord Randolph schenkte noch einmal großzügig nach.

Später sagte er: »Kommen Sie, Marc, lassen Sie uns das schöne Wetter genießen und einen kleinen Spaziergang machen.«

»Gute Idee«, meinte Marc.

»Wissen Sie«, begann er, als sie durch den weitläufigen Schlossgarten schlenderten, »solche Situationen, wie die gerade eben, bekommen Sie nur in den Griff, wenn Sie sie vertrauensvoll in die Hände der Frauen legen. Ich bin zwar erst siebenunddreißig, aber ich weiß bereits, dass das Glück von uns Männern zu fast hundert Prozent von den Frauen abhängt.«

»Wem sagen Sie das, Lord Randolph.«

»Den ›Lord‹ lassen Sie bitte weg ...« Er blieb kurz stehen und betrachtete ein Beet mit in voller Blütenpracht stehenden Edelrosen. »Ich liebe die Frauen. Und Sie?«

»Ich könnte mir ein Leben ohne Frauen gar nicht vorstellen.«

»Wem sagen Sie das.« Er lachte. »Aber leider bewahrheitet sich das alte Sprichwort, dass da, wo viel Licht auch viel Schatten ist, bei den Frauen nur allzu oft.«

»Wie meinen Sie das?«

»Dem sogenannten schwachen Geschlecht haftet ein eklatanter Fehler an.«

»Und der wäre?«

»Die Mitteilungsfreudigkeit der Frauen hat so manchem Mann schon sehr viel Ärger bereitet.«

Aha, daher weht der Wind, dachte Marc.

»Jetzt sagen Sie nicht, sie seien nicht im Bilde«, fuhr Lord Randolph fort. »Sie wissen doch ganz genau, weshalb uns das Schicksal hier und heute zusammengeführt hat. Alles begann damit, dass Gladys Sie aufgesucht und Sie in meiner Sache um Rat befragt hat.«

Der Earl hatte unbestritten recht. Genau so war es, dachte Marc.

»Ich will Sie nicht in Verlegenheit bringen, Marc. Die Sache mit dem kleinen Flittchen ist wirklich passiert. Aber es geschah keinesfalls absichtlich. Wenn Sie das Mädchen mal in natura sehen würden, würden Sie mich verstehen. Wahrscheinlich wären Sie ihr ebenso verfallen wie ich. Sie sieht alles andere aus wie eine Fünfzehnjährige.«

Marc räusperte sich. »Sie waren vermutlich nicht das einzige Opfer. Ich war ebenfalls kurz davor, in die gleiche Falle zu tappen.«

Lord Randolph blieb stehen und hob überrascht eine Augenbraue. »Das müssen Sie mir erklären.«

»Ich bekam vor nicht allzu langer Zeit eine Einladung von Viktor Burjakin, dem Eigentümer des ›Shestnadzat‹, zu einer Gartenparty. Ich war noch keine Stunde in seiner Villa, da wurde seine Tochter bereits gezielt auf mich angesetzt. Ich schätzte Kitty auf zwanzig, vielleicht zweiundzwanzig, aber keinesfalls auf fünfzehn. Durch die Art, wie sie mich anmachte, wurde ich schließlich misstrauisch ...«

»Sie also auch ...«

»Ja, um ein Haar hätten Burjakin und seine Tochter ein weiteres Opfer gefunden.«

»Wollen Sie wissen, um wie viel mich Burjakin erpresst?«

»Sagen Sie's besser nicht.«

»Eine Million Pfund ... Ein Auftragskiller würde mich einen Bruchteil kosten.«

»Diese Argumentation behalten Sie besser für sich, wenn Sie nicht zusätzlich in Schwierigkeiten geraten wollen.«

Lord Randolph echauffierte sich. »Was würden Sie denn an meiner Stelle tun?«, schrie er fast.

»Ruhig Blut, Randolph. Die Sache ist bereits in Arbeit.«

»Was heißt das, in Arbeit?«

»Das heißt, dass es Menschen gibt, die Sie da herausholen wollen.«

»Würden Sie das bitte etwas konkretisieren?«

»Nein. Und weiterzubohren wäre absolut zwecklos. Ich kann diese Menschen nicht unnötig in Gefahr bringen. Allein das Ergebnis zählt.«

»Und wann rechnen Sie mit einem Ergebnis?«, fragte Lord Randolph, diesmal schon deutlich sanfter.

»Frühestens in zwei Wochen.«

»Burjakin macht Druck.«

»Dann halten Sie ihn noch eine Weile hin.«

»Gut. Ich vertraue Ihnen, Marc.«

Sie gingen noch etwa eine halbe Stunde lang im weitläufigen Garten spazieren und plauderten dabei über verschiedene Themen, um sich etwas besser kennenzulernen.

Währenddessen zauberten die beiden Frauen drinnen eine Kleinigkeit als Mittagessen.

»Wollen wir wieder reingehen?«, fragte Lord Randolph schließlich. »Ich muss meine Medizin einnehmen.«

***

Den größten Teil des Nachmittags verbrachten sie außerhalb des Schlosses. Sie fuhren in das nächstgelegene Dorf, kauften noch ein paar Kleinigkeiten für das Dinner ein und unterhielten sich mit einzelnen Dorfbewohnern, die sie zufällig auf der Straße trafen und für die das hochadelige Geschwisterpaar ein bedeutender Teil ihrer Geschichte war.

Lord Randolph und Lady Gladys hatten keine Scheu, sich mit Marc und Brittany in der Öffentlichkeit zu zeigen. Im Gegenteil. Sie zeigten ihre Zuneigung ganz offen, und viele Dorfbewohner spürten schnell, dass da mehr war als nur Sympathie.

***

Beim Dinner hatte sich die Atmosphäre am Tisch weiter gebessert. Alle spürten das. Eine große Lockerheit und Herzlichkeit lag über den einzelnen Gängen, die die Frauen mit viel Liebe zubereitet hatten und in loser Reihenfolge servierten.

Die Kühlschränke quollen zwar über mit zahllosen Köstlichkeiten, aber es gab keine Küchenkräfte, die sie hätten zubereiten können. Lord Randolph hatte nämlich das gesamte Personal kurzfristig beurlaubt.

Die Frauen hatten sich gestylt und trugen tief ausgeschnittene Kleider. Und die Männer hatten sich, dem äußeren Rahmen entsprechend, ebenfalls in Schale geworfen.

Beim Alkohol hielten sich die Männer etwas zurück, weil sie um dessen schädliche Auswirkung auf das Stehvermögen wussten, aber die Frauen überbrückten die Wartezeit auf einen Schwanz mit umso reicherem Alkoholgenuss.

Nach dem Hauptgericht schob Lady Gladys eine Norah-Jones-CD in den Player. Deren göttliche Stimme und der sanfte Kerzenschimmer ließen die Luft vor Erotik knistern.

Da alle heiß waren, aber niemand sich hundertprozentig sicher war, wie er den jeweils anderen einzuschätzen hatte, hielt man sich vornehm zurück und wartete, dass irgendwer den Anfang machen würde.

»Zigarre?«, fragte Lord Randolph schließlich.

»Gern«, sagte Marc.

Kurze Zeit später saßen die Herren in zwei großen Ohrensesseln in der Nähe des Kamins und begannen zu paffen.

Dies war der Moment, der für Lady Gladys, die die Glut zwischen den Beinen kaum mehr ertragen konnte, das Fass zum Überlaufen brachte.

»Jetzt hör mir mal genau zu, mein kleiner Tiger«, sagte sie mit schon stark angeheiterter Stimme zu Marc. »Wenn du glaubst, du könntest dich jetzt aus dem Staub machen, bist du schief gewickelt.«

Marc sah überrascht zu ihr herüber.

Aber da war sie auch schon bei ihm und hatte sich neben ihn auf die Armlehne gesetzt. Sanft nahm sie ihm die Zigarre aus der Hand und drückte sie im Aschenbecher aus. Während sie sein Gesicht mit Küssen bedeckte, knöpfte sie ihm das Hemd auf.

Lord Randolph sah ihnen interessiert zu.

Was seinen Umgang mit Frauen betraf, wurde Lord Randolph immer dann recht forsch, wenn eine bestimmte atmosphärische Schwelle überschritten war.

»Zieh dich aus!«, befahl er Brittany.

Sie hatte auf diese Aufforderung geradezu gewartet und tat es nur allzu gern. Denn sie empfand immer große Lust, wenn sie ihren wunderschönen Körper irgendwo präsentieren konnte.

Während Lady Gladys zu Marcs Füßen hockte und sich mit ihren feuchten Lippen intensiv um seinen schnell anschwellenden Schwanz bemühte, sah Marc seiner Schwester genüsslich beim Entblättern zu.

»Bist du auch so scharf?«, fragte Brittany Lady Gladys.

»Scharf ist gar kein Ausdruck«, sagte diese. »Wenn ich nicht bald einen Schwanz in meiner Pussy habe, werde ich verrückt.«

Brittany lachte.

Dann öffnete sie Lord Randolph die Hose und lutschte ihn. »Deine Zigarre könntest du aber ausmachen«, sagte sie.

Fünf Minuten später glitten die Frauen an den Schäften der Männer auf und ab wie zwei gut geölte Hüllen.

Brittany machte einen ziemlich ausgehungerten Eindruck. Ihr Verlangen nach einem Orgasmus war geradezu unstillbar. Und die Tatsache, dass die splitternackte Lady Gladys unmittelbar neben ihr – und dann auch noch auf dem Schwanz ihres Bruders – hockte, fachte ihre Lust weiter an. Ohne dass es Lady Gladys mitbekam, zwinkerte sie Marc zu, der ihr daraufhin lächelnd einen Kuss zuhauchte.

Lady Gladys beschleunigte derweil ihre Bewegungen. Gleichzeitig ging ihr Atem rascher, und ihr Stöhnen wurde markanter.

Dies versetzte auch Brittanys Fließband der Lust in schnellere Bewegung. »Ah … ah«, entfuhr es ihr, und diese Lustseufzer veranlassten Lord Randolph wiederum, sie mit beiden Händen fest an den Hüften zu packen und ihr ein paar harte und schnelle Stöße zu verpassen, die tief in ihre Möse drangen.

»Ja, fick mich … Fick mich …«, rief Brittany. »Oh, du machst das so gut … Ja, fick mich mit deinem geilen Schwanz richtig durch.«

Und Lady Gladys, die von Marc gerade ärschlings gepackt

wurde, kam zum ersten Mal. Sie wand sich wie ein Aal, als die Wellen eines tief empfundenen Orgasmus kreisförmig durch ihren Körper jagten. Ein Beben hatte sie erfasst, und sie schrie ihre Lust lauthals hinaus.

Nachdem ihr Orgasmus etwas abgeklungen war, blieb sie noch eine Weile auf ihm sitzen. Und als sie sich langsam von ihm löste, floss das Sperma warm an ihren Beinen herunter.

***

Der Sonntagmorgen kam. Die beiden Geschwisterpaare standen in der Küche und bereiteten das Frühstück zu. Die am Vorabend gemeinsam erlebte Intimität hatte sie wie gute Freunde zusammengeschweißt.

Zu gern hätte Marc jetzt gefragt, ob es hier noch den alten BDSMKeller ihrer Eltern gab, von dem Lady Gladys ihm erzählt hatte – jenen geheimnisumwitterten Keller, wo sie vom eigenen Bruder entjungfert worden war und der Marcs Fantasie noch immer stark beschäftigte.

Aber er traute sich nicht. Das Thema war auch viel zu brisant. Und wahrscheinlich wäre es beiden mehr als peinlich gewesen.

Stattdessen nutzte er die gelöste Stimmung, um über die »VögelBar« zu berichten.

Die beiden Adeligen zeigten sich sofort interessiert, nachdem ihnen versichert worden war, dass es dort ultrageheim zuginge. Nur Brittany war schockiert. Das hätte sie ihrem Bruder nun wirklich nicht zugetraut. Aber nachdem sie einsehen musste, dass solche intimen Clubs der guten Freunde heutzutage gang und gäbe waren, wurde sie neugierig.

»Lad mich doch mal zu euch ein«, forderte sie Marc auf.

»Sehr gern«, sagte der. »Ich garantiere dir, dass du es nicht bereust.«

***

Am Montag brachte die »Sun« das Foto wie üblich auf Seite drei. Die Gesichter der vier Personen waren so gestochen scharf zu erkennen, dass es keinen Zweifel an ihrer Identität gab. Der

Artikel war diesmal doppelt so lang wie jener, den das Blatt vor kurzem nur Lady Gladys und Marc gewidmet hatte, und triefte vor wilden Spekulationen.

Inga bekam einen Tobsuchtsanfall. Sie hatte ohnehin gekocht, weil Marcs Handy das ganze Wochenende über ausgeschaltet gewesen war. Und jetzt wurde ihr der Grund für sein unerklärliches Abtauchen auf der Seite drei der »Sun« präsentiert.

Gegen Mittag erschien sie wutentbrannt in seinem Büro. Sie hielt eine Ausgabe der »Sun« in der Hand und fuchtelte wild damit herum. »Bist du jetzt zufrieden? Zwischen uns ist alles aus! Ich hab mich doch nicht geirrt. Trennen wir uns gleich!«

»Hör zu, Inga.«

»Nein. Adieu ist adieu.«

»Ich finde, du gehst etwas zu weit ...«

»Ich gehe zu weit? Ausgerechnet ich?«

»Unsere Beziehung bedeutet mir sehr viel.«

»Sehr viel?«

»Jawohl, sehr viel ... Ich war immer aufrichtig.«

»Komm mir bitte nicht mit deiner Aufrichtigkeit.«

»Warum nicht?«

»Du hast mir hundert Mal gesagt, dass du etwas für mich empfindest.«

»Und war es nicht so?«

»Doch ... Vielleicht ... Aber zur selben Zeit hast du alles getan, um von mir loszukommen. Das war nicht aufrichtig! Stimmt das, oder stimmt das nicht?«

»Stimmt.«

»Und warum das, mein Lieber? Um in die Arme von Lady Gladys zu laufen. Stimmt das, oder stimmt das nicht?«

»Das ist wahr.«

»Was soll ich denn bloß tun, um das zu vergessen?«

Er ging auf sie zu, wollte sie in den Arm nehmen, aber sie stieß ihn weg. »Lass mich in Ruhe!«

Marc hatte ein feines Ohr für die subtile Ausdrucksweise der Frauen. In der Wahl ihrer Worte waren Frauen ohne jeden Zweifel den Männern haushoch überlegen. Was er bei Inga heraushörte, war Folgendes: Diese kleine Szene musste ich dir einfach machen, Geliebter, aber unsere Beziehung ist keinesfalls am Ende. Im Gegenteil: Dadurch, dass ich jetzt weiß, dass sich dir sogar die Damen der höchsten Gesellschaftsschichten an den Hals werfen, bist du für mich noch attraktiver geworden und in meiner Achtung gestiegen. Ich muss dich einfach haben!

Inga würde sich jetzt für ein paar Tage schmollend zurückziehen. Aber dann würde sie ihre Anstrengungen, ihn endgültig an sich zu binden, verdoppeln.

***

An diesem Montagnachmittag stand Marcs Telefon nicht mehr still. Fast alle Clubmitglieder der »VögelBar« hatten den »Sun«-Artikel gelesen, und diejenigen, die ihn nicht gelesen hatten, wurden von den anderen informiert.

Zunächst herrschte allgemeine Ratlosigkeit, weil man sich von Marc hintergangen fühlte. Doch dann gewann die Vernunft die Oberhand. Jeder andere hätte an Marcs Stelle genauso gehandelt. Im Grunde war Londons Starastrologe für seine Intelligenz zu beneiden. Ihm und seiner bildhübschen Schwester war es tatsächlich gelungen, einen – höchstwahrscheinlich intimen – Kontakt in den englischen Hochadel zu knüpfen. Und wie sie Marc kannten, würde es ihm vielleicht sogar gelingen, Lady Gladys und Lord Randolph für die »VögelBar« zu rekrutieren. Letzten Endes konnte man auf einen dermaßen cleveren Freund wie Marc Feldman nur stolz sein.

Dann riefen sie ihn der Reihe nach an, gratulierten ihm zu seinem Husarenstück und ließen sich von seinem außergewöhnlichen Wochenende auf Tottenham Castle berichten.

Paula Eastwood, Erics Frau, die von all diesen im Hintergrund geführten Telefonaten nichts mitbekam, eben weil sie kein Clubmitglied war und auch nie werden würde, platzte vor Neugier. Sie hatte sich den Zeitungsartikel mindestens dreimal durchgelesen und immer wieder dieses Wahnsinnsfoto betrachtet. Wenn eins klar war, dann dies: Marc Feldman fickte Lady Gladys. Wer das nicht sah, war auf beiden Augen blind. Für sie war Marc schon immer etwas Besonderes gewesen, aber jetzt war er einfach nur der Größte.

Dieser Mann schafft es immer wieder, sich jeden erdenklichen Vorteil zu verschaffen, dachte sie. *Er lebt sein Leben nach seinen eigenen Regeln und ist stolz auf das, was er tut. Er führt sein Leben selbstbewusst und eigenständig. Ich werde schon feucht, wenn ich nur seine Stimme höre.*

Wie enttäuscht war sie deshalb, als er sie zunächst abwies.

»Hast du vergessen, was zwischen uns passiert ist?«, fragte sie.

»Natürlich nicht.«

»Und das kleine Geheimnis, das wir teilen?«

»Wie könnte ich das vergessen.«

»Und warum bist du dann so abweisend zu mir?«

»Paula, ich mag dich, das weißt du. Aber ich kann jetzt nicht einfach zu dir nach Hause kommen. Stell dir vor, Eric stünde plötzlich in der Tür.«

»Wir könnten uns woanders treffen.«

»Nein.«

»Wir könnten ein wenig rausfahren und dieses traumhafte Wetter genießen. Hast du nicht auch das Gefühl, dass dieser August noch viel schöner ist als der Juli?«

»Deine Eltern haben dir wohl kein Benehmen beigebracht, was?«

»Bitte?«

»Haben sie dir nicht beigebracht, wie man sich einem Mann gegenüber benimmt?«

»Marc, was hast du?«

»Mir platzt gleich der Kragen. Sprich endlich aus, was du wirklich willst. Sag es klar und deutlich. Sag: ›Marc, bitte fick mich‹.«

»Das sag ich nicht.«

Er wusste, dass sie extrem hartnäckig sein konnte. Wenn sie sich etwas in den Kopf gesetzt hatte, mussten alle nach ihrer Pfeife tanzen. Umso größere Freude bereitete es ihm, sie deshalb etwas zu quälen.

»Sag: ›Bitte fick mich‹«, wiederholte er.

»Niemals.«

»Sag es: ›Bitte fick mich‹.«

Und schließlich kam es ihr doch über die Lippen. Es musste sie wahnsinnig viel Überwindung gekostet haben. Leise sagte sie: »Marc, bitte fick mich.«

»Bitte? Du nuschelst so. Ich habe dich nicht verstanden.«

»Marc, ich bitte dich inständig: Bitte fick mich, ich halte es nicht mehr aus.«

»Ah, jetzt verstehe ich dich. Warum hast du das nicht gleich gesagt? Hol mich in einer halben Stunde vom Büro ab. Ich schlage vor, wir fahren ins Grüne.«

***

Um Punkt sechzehn Uhr meldete sich Paula von ihrem Handy aus: »Ich stehe unten. Ich parke direkt vor deiner Tür.«

»Okay, bin gleich bei dir«, sagte Marc.

Dann verabschiedete er sich von seiner Sekretärin: »Ich habe noch einen wichtigen Auswärtstermin, Schatz. Sehr wahrscheinlich komme ich heute nicht mehr rein.«

Svenja grinste und dachte sich wie immer ihren Teil.

Paula machte auf ihn den Eindruck einer läufigen Hündin. Er sah mit einem Blick, dass sie in einer Verfassung war, wo sie alles tun würde, nur um in den Genuss von ein wenig Aufmerksamkeit von ihm zu kommen. Das konnte ja lustig werden ...

»Wohin?«, fragte sie, nachdem er sich neben sie gesetzt und die Wagentür zugeschlagen hatte.

»Fahr los. Ich sage dir, wie du fahren sollst.«

Sie fuhren fast eine Dreiviertelstunde lang. Dann waren sie

im Grünen. Das Gebiet war eine Mischung aus dichtem Waldbestand und landwirtschaftlicher Nutzfläche. Marc erkannte alles wieder. Sie befanden sich jetzt fast genau an der Stelle, wo er vor einigen Wochen Emily Blokarsky gevögelt hatte.

»Fahr da rein«, sagte er.

Paula ließ den Wagen bis zum Ende des Waldweges ausrollen und brachte ihn schließlich zum Stehen.

Sie stiegen aus. Vor ihnen lag ein schmaler Wanderweg, den Paula nun beschritt. Während sie sich ein Stückweit vom Wagen entfernte, setzte sich Marc halb auf die Kühlerhaube und sah ihr hinterher.

»Hier ist ja wirklich keine Menschenseele«, sagte sie.

»Sei doch froh, dann hört niemand dein Schreien.«

Paula lief ein Schauer über den Rücken.

»Und nun?« Sie drehte sich zu ihm um und sah ihn mit verschränkten Armen fragend an. In ihrem Blick war eine Mischung aus Angst und Geilheit.

»Zieh dich aus!«, befahl er ihr.

Sie reagierte enttäuscht. Keine Berührungen, kein zärtlicher Kuss. Kein liebevolles Wort. Nichts.

Seltsamerweise reagierte ihre Muschi vollkommen anders als der bewusste Teil ihrer Persönlichkeit, so, als führte sie ein Eigenleben. Das Pochen zwischen ihren Beinen nahm sogar zu. Wie hypnotisiert streifte sie sich langsam das knappe Sommerkleid über den Kopf. Sie trug weder BH noch Slip. Splitternackt stand sie mit ihrem wunderschönen Körper vor ihm. Ihr Mund verzog sich zu einem schiefen Lächeln.

»Dreh dich um!«, sagte er.

Sie tat es.

»Bück dich und spreiz deine Arschbacken!«

Sie beugte sich nach vorn und zog ihre Arschbacken auseinander.

»Steck dir einen Finger in den Arsch!«

Das durfte doch wohl nicht wahr sein, dachte sie, wollte ihn aber unter keinen Umständen verärgern. Vorsichtig massierte sie mit dem Mittelfinger ihrer rechten Hand ihre Rosette und steckte ihn schließlich ein Stückweit hinein.

»Fick dich mit deinem Finger!«

Sie gehorchte umgehend. Ihr Zeigefinger bewegte sich in ihrem Hintern hin und her und stimulierte ihn.

Marc machte der Anblick der sich wichsenden Paula ziemlich scharf. Er spürte, wie das Blut in seinen Schwanz schoss. Er öffnete den Gürtel und zog den Reißverschluss seiner Hose auf.

»Komm her!«

Sie zog den Finger aus ihrem Anus, drehte sich um und kam auf ihn zu. Dann beugte sie sich zu ihm hinunter, um seinen Schwanz in den Mund zu nehmen.

Er saß weiterhin halb auf der Kühlerhaube, während sie ihn leidenschaftlich lutschte. Dann packte er mit beiden Händen ihren Kopf. An dem Druck seiner Hände spürte sie, wann sie schneller oder langsamer machen sollte. Sie war erstaunt, dass sein Schwanz so hart wie ein Stück Holz wurde.

Schließlich hatte er genug.

»Leg dich vornüber auf die Kühlerhaube!«, sagte er.

Sie tat es nur zu gern. Mit gespreizten Beinen erwartete sie seinen Schwanz.

Er trat hinter sie, nahm seinen Prügel in die Hand und rieb ihn ein paar Mal an ihrer Spalte entlang, die vor Feuchtigkeit glänzte. Er teilte ihre inneren Schamlippen und stieß zu.

Paula stöhnte auf. Oh, mein Gott, wie hatte sie sich nach diesen Stößen gesehnt! Anfangs fickte er sie ziemlich langsam – quälend langsam. Aber er drang tief in sie, und er fickte sie auf eine Weise, die ihre Klitoris geradezu perfekt stimulierte. Paulas Atem ging schneller. Als sie so richtig in Fahrt gekommen war, drückte er seinen Daumen gegen ihre Rosette. Sie gab sofort nach.

»Aaaah«, machte sie. Die Aussicht auf das, was kommen würde, machte sie noch schärfer.

Schließlich löste er sich von ihr. Sein Schwanz war mit ihrem Mösensaft zugekleistert. Vorsichtig presste er seine Eichel gegen ihren schon deutlich geweiteten und verschwitzten Anus.

»Oh, jaaaa!«, stöhnte sie, als er eindrang. »Wie habe ich das vermisst, Marc ... Ja, fick mich ... Fick mich. Fick dein kleines Miststück richtig in den Arsch, Liebster.«

Während er ihr tiefe und harte Stöße verpasste, rieb sie ihre Klitoris wie eine Verrückte.

Als sie kam, schrie sie sich fast um den Verstand.

Marc konnte sich nun ebenfalls nicht mehr zurückhalten. Er hatte einen WahnsinnsOrgasmus, während er ihren Darm mit seinem Samen geradezu überschwemmte.

Als sie sich voneinander lösten, fiel sie ihm mit Freudentränen um den Hals. »Marc, es war wunderschön.«

Tief befriedigt kleideten sie sich wieder an und ließen sich in die Autositze fallen.

***

Es war kurz vor Mitternacht. Das »Shestnadzat« war brechendvoll, und die Mädchen hatten alle Hände voll zu tun. Loreen stand in der Tür, die vom Nachtclub zu den Separees führte. Als Ivana vorbeiging, winkte sie sie aufgeregt zu sich.

»Was ist?«, fragte Ivana genervt. »Du siehst doch, dass ich keine Zeit habe.«

»Ich glaube, heute passiert was«, flüsterte Loreen.

Ivana wusste natürlich sofort, wovon die Rede war. »Bist du dir sicher?«

»Ja, Kitty war heute schon den ganzen Tag über extrem rattig. Wenn sie's mit ihrem Vater treiben will, macht sie immer so ein besessenes Gesicht. Gerade kam ich mit einem Gast aus meinem Zimmer, da sah ich, wie sie mit Viktor auf ihr Zimmer verschwand.«

Ivana lief es kalt den Rücken runter.

»Wenn wir uns hundertprozentig sicher sein könnten, dass heute etwas passiert«, sagte sie, »dann könnten wir ja schon morgen die Kamera entfernen und Eric zur Auswertung übergeben ...«

»Ja, aber ich stell mich jetzt nicht vor Kittys Tür und lausche. Das ist mir viel zu gefährlich.«

»Kein Problem, ich gehe«, sagte Ivana entschlossen.

»Tu das bitte nicht«, flehte Loreen.

Aber Ivana hatte sich bereits auf den Weg gemacht. Der Flur war menschenleer. Die dicken Teppiche dämpften jedes Geräusch.

In manchen Zimmern wurde ziemlich geräuschvoll gevögelt.

Kittys Zimmer hatte die Nummer 13.

Ivana sah sich noch einmal vorsichtig um, dann hielt sie ihr Ohr an Kittys Tür. Kitty und ihr Vater sprachen Russisch. Ivana verstand jedes Wort ... Ihr Herz raste.

Dann eilte sie ein paar Türen weiter auf ihr Zimmer, schaltete ihr Handy ein und schrieb Marc und Eric schnell eine SMS. Sie ging zurück in den Club, um sich erneut und strahlend lächelnd den Gästen zu widmen.

***

Emily Blokarsky hatte sich nach dem plötzlichen Unfalltod ihres Gatten Edward entschieden, eine mehrwöchige Südamerikareise mit ihrer Mutter zu unternehmen. Soeben waren die beiden zurückgekehrt, und Emily wollte nun natürlich jedermann von ihrer Reise erzählen.

Der Erste, den sie anrief, war Marc, ihre große Liebe.

»Hallo, mein Liebster«, sagte sie.

»Ah, hallo, Emily. Du bist zurück?«

»Ja, ich bin vor einer Stunde gelandet. Bin jetzt noch bei meiner Mutter. Wie geht es dir, mein Schatz?«

»Eigentlich ganz gut. Viel Arbeit zurzeit. Und dir?«

»Fantastisch. Ich muss erst mal meine ganzen Eindrücke verarbeiten.«

»Wo wart ihr denn überall?«

»Wir waren in Argentinien, in Chile und in Bolivien. Es war

einfach der Wahnsinn, Marc. Aber das erzähle ich dir in Ruhe.«

»Ja, ruf mich einfach an, wann wir uns treffen können.«

»Wie waren eigentlich eure letzten Clubtreffen?«

Marc fand, dass diese Frage etwas überraschend kam. »Du, ehrlich gesagt habe ich gar nicht daran teilgenommen.«

»Das find ich interessant. Aber du bist doch der Initiator.«

»Ja, das stimmt schon, aber wie gesagt, ich hatte in den letzten Wochen Arbeit ohne Ende.«

»Das ist schön. Du warst mir also treu.« Sie lachte.

»Klar.«

»Gut, mein Lieber, ich wollte mich nur schnell bei dir gemeldet haben. Fahre jetzt gleich zu mir, muss erst mal in Ruhe auspacken und die Waschmaschine anstellen. Ich melde mich wieder, ja?«

»Ja, ist okay. Mach dir bloß keinen Stress.«

»Tschüss, mein Lieber.«

Nach diesem Telefonat rief ihn Eric an, um mit ihm über Ivanas gestrige SMS zu sprechen.

»Die Sache ist bereits geklärt«, sagte Marc. »Ich habe Ivana gesagt, dass es Lord Randolph gelungen ist, Burjakin noch eine Weile hinzuhalten. Wir haben also nicht den ultimativen Zeitdruck.«

»Hast du gut gemacht, Kumpel. Genau meine Meinung«, erwiderte Eric. »Egal, was Ivana gestern durch die geschlossene Zimmertür gehört hat – was wir brauchen, sind knallharte Beweise: Ton und Bildmaterial. Deshalb wäre es besser, die Kamera noch einige Zeit an ihrem Platz zu belassen.«

»Genau das habe ich ihr auch gesagt.«

***

Heute war Mittwoch. Es war zwar noch etwas hin bis Samstag, aber die Aussicht, dass vielleicht auch zwei besonders interessante Vertreter des englischen Hochadels sowie die Transe Antonia Sanchez teilnehmen würden, trieb Nicole – gelinde gesagt – den Schweiß auf die Stirn.

Ein weiterer Unsicherheitsfaktor war Emily Blokarsky. Emily hatte nur ein einziges Mal an einem Clubnachmittag teilgenommen und interessiert zugeschaut, aber wenn sich Nicole recht erinnerte, hatte Emily darauf verzichtet, sich ficken zu lassen. Sie hatte aber – und dies war ja schon mal ein Anfang – eine nette kleine Lesbennummer mit Sandy und Paula hingelegt.

Im Grunde mochte sie Emily sehr, weil diese alles von der lockeren Seite nahm, aber sie war auch ziemlich unzuverlässig, sehr abhängig von ihren Launen und deshalb ein Unsicherheitsfaktor.

Dass Antonia Sanchez, die Transe, dabeisein würde, war inzwischen ausgemachte Sache. Aber da Antonia Kontakt zu Paula hatte, mussten erst ein paar Vorsichtsmaßnahmen getroffen werden. Sie würde Antonia anrufen müssen und sie zu völligem Stillschweigen gegenüber Paula verdonnern. Schließlich war Paulas Mann Eric Clubmitglied.

Nicole setzte sich mit Papier und Bleistift an den Küchentisch, machte zwei Spalten und begann die Namen zu notieren, die für den Clubnachmittag am kommenden Samstag infrage kamen.

In die linke Spalte schrieb sie die Namen der Männer: Marc Feldman, Eric Eastwood, Claude Lebecq, Silvio Stanga, Simon Sarsfield und Bruce Weingart. In Klammern setzte sie Lord Randolph und die Transe Antonia Sanchez. Letztere hielt sich zwar für eine Frau, aber für Nicole zählte nur die Anzahl der Schwänze.

Es waren insgesamt acht.

In der rechten Spalte notierte sie nun die Namen der infrage kommenden Frauen: Ihre Wenigkeit, Sandy Summers, Emily Blokarsky, Inga Hammarlund, Ivana Dobrynin, Carmen Gutierrez, Claire van Goyen und Marcs Schwester, Brittany Parker. Den Namen von Lady Gladys setzte sie erst mal in Klammern.

Sie zählte neun Frauen.

Puh, das wäre wirklich ein volles Haus – wenn alle kämen.

Und da gab es noch etwas, das ihr Kopfzerbrechen bereitete. Inga hatte sich in Marc verliebt. Und zwar richtig verliebt. Sie hatte es ihr selbst gesagt. Irgendwie hatte sie das alles kommen sehen. Die Mitglieder der »VögelBar« waren eben keine Maschinen, sondern Menschen.

***

An diesem Mittwochnachmittag erhielt Marc einen Anruf von Emily.

»Das ist ja witzig«, sagte er. »Ich habe gerade an dich gedacht.«

»Das ist so bei Seelenpartnern ... Ich möchte mich gern mit dir treffen, Marc.«

»Sehr gern. Wann?«

»Na, heute – aber nur, wenn du Zeit hast.«

»Ich habe um siebzehn Uhr noch einen Kundentermin. Der wird mich maximal anderthalb Stunden kosten.«

»Kommst du dann zu mir? Ich mache uns was Feines zu essen.«

»Ja, ist okay.«

Um neunzehn Uhr klingelte er an ihrer Haustür. Sie öffnete ihm in weißer Baumwollhose und weißem T-Shirt. Ihr lockiges, schwarzes Haar war mit einem Stirnband nach hinten gebunden.

Im Foyer fielen sie sich in die Arme. Über drei Wochen hatten sie sich nicht gesehen.

»Hey, das duftet aber«, sagte Marc.

»Ich hatte im Eisfach noch einen großen Beutel Riesengarnelen. Die hab ich uns gemacht. Magst du die überhaupt?«

»Und wie!«

»Du bist ein Schatz. Setz dich schon mal ins Esszimmer. Das Essen kommt sofort.«

»Kann ich dir was helfen?«

»Ja, du kannst den Wein aufmachen.«

»Hey, du hast ja einen neuen Nagellack«, sagte Marc, als sie am Tisch saßen und sich über die Garnelen hermachten.

»Wahnsinn, dass du so was sofort siehst. Ich kenne keinen Mann, dem das aufgefallen wäre.«

»Todschick ist der.«

»Danke, ist jetzt Trend: ›Schlammlack‹ von Chanel.«

Emily hatte in Südamerika sehr viel nachgedacht. Vor allem über ihre unklare Beziehung zu Marc. Sie hatte in ihm immer so etwas wie einen zweiten Ehemann gesehen, obwohl sie in wer weiß wie vielen Jahren vielleicht nur zehnmal miteinander geschlafen hatten. Sie war einer Illusion hinterhergelaufen, aber irgendwie war der Groschen jetzt gefallen. Marc würde immer nur ihr allerbester Freund bleiben. Sie waren halt Seelenpartner. Sie würden miteinander schlafen, wann immer ihnen der Sinn danach stand, aber als nächster Ehemann käme er für sie nicht infrage. Ein neuer Partner war weit und breit nicht in Sicht. Sie würde alles dem Schicksal überlassen und einfach abwarten, bis ihr ein geeigneter Mann über den Weg liefe. Bis dahin wollte sie aber noch jede Menge Sex nachholen.

Da sie ein Naturkind war und alles aus dem Bauch heraus tat, war sie stets offen zu ihm.

»Du bist der einzige Mensch, der immer gut zu mir war«, sagte sie. »Nie gab es auch nur die kleinste Meinungsverschiedenheit zwischen uns. Was gibt es Schöneres als einen echten Seelenfreund.«

»Das hast du mir schon des Öfteren gesagt.«

»Ja, und ist es nicht so?«

»Doch, es ist so«, pflichtete Marc ihr bei.

»Edward hat mich immer nur blockiert. Jetzt, wo er nicht mehr da ist, wird mir das klar.«

»Jedenfalls siehst du aus wie das blühende Leben.«

»Das haben mir die südamerikanischen Männer auch gesagt. Die sind mir in den Hotels regelrecht nachgestiegen.«

»Soso, sind sie das …«

»Ich hatte natürlich nichts mit denen. Kannst du mir glauben. Aber begehrt zu werden, ist für eine Frau ein tolles Gefühl.«

Er streichelte sie im Nacken. Sie lächelte und legte zustimmend ihren Kopf etwas auf die Seite. Sie war mal wieder voll auf Romantik programmiert. Er brauchte sie nicht groß in Stimmung zu bringen – sie war es bereits. Er fasste sie unters Kinn und zog sie zu sich. Sie küssten sich. Schöne, lange und zärtliche Zungenküsse. Als sie ihre Lippen voneinander lösten, streifte sie sich das Stirnband vom Kopf und schüttelte ihr Haar.

»Komm, lass uns rübergehen«, sagte sie.

Ach, mit Emily war immer alles so einfach.

Sie gingen ins Gästezimmer. Noch auf dem Weg dorthin, streifte sich Emily ihr T-Shirt über den Kopf und warf es über die im Flur stehende Kommode. Sie trug keinen BH. Als nächstes flogen ihre Schuhe durch den Raum, anschließend ihre Hose. Den Slip behielt sie an. Es stand Marc zu, ihn ihr auszuziehen.

Dann legte sie sich aufs Bett.

Als er zu ihr kam, sie zärtlich küsste und dabei seinen Oberschenkel sanft zwischen ihre leicht geöffneten Beine drückte, hoffte sie, dass er sich jetzt nicht allzu lange bei der Knutscherei aufhalten würde, sondern schnell zur Sache käme, denn das Kribbeln in ihrem Schoß war kaum noch zu ertragen.

Um ihm Feuer unterm Hintern zu machen, entwand sie sich ihm, und ihr Mund bewegte sich hinunter zu seinem Schwanz. Sie umspielte ihn ein paar Mal mit der Zunge, dann lutschte sie ihn. Marc lag auf dem Rücken und genoss es einfach. Er konnte heute gar nicht so schnell reagieren, wie Emily drauf war. Als sie ihn groß und hart gelutscht hatte, hockte sie sich auf ihn. Marc sah nur noch, wie sie sich mit der einen Hand den Slip zur Seite zog, mit der anderen seinen Schwanz ergriff und ihn sich zwischen die großen Schamlippen schob.

»Oaaah, ist das geil«, stöhnte sie, als er ganz tief in ihrem heißen Loch steckte.

»Du bist ja heute richtig heiß«, stellte Marc fest.

»Und wie!«, sagte sie. »Heute brauche ich es richtig hart.«

Er packte sie an den Hüften, ansonsten ließ er sie machen.

»Oh, wie habe ich das gebraucht«, seufzte sie.

Sie kam unglaublich schnell in Fahrt und wollte noch nicht einmal die Stellung wechseln, also blieb er auf dem Rücken liegen. Sie ritt ihn, stöhnend und schreiend, wie eine Besessene – ausgehungert nach Sex.

Sie kam sehr gut, und nachdem auch Marc abgespritzt hatte, blieb sie noch eine Weile zitternd auf ihm sitzen. Schließlich beugte sie ihren Oberkörper zu ihm herunter und küsste ihn.

Später sagte sie: »Ich habe es mir gründlich überlegt. Die ›VögelBar‹ hat mich neugierig gemacht. Ich möchte mit dir und einem weiteren Mann Sex haben.«

Wow! Dieser Satz haute Marc um. »Und wer soll der zweite Mann sein?«, fragte er.

»Ach, wenn er attraktiv ist, ist es mir egal. Es hängt auch stark von meiner Stimmung ab.«

»Willst du denn schon an diesem Samstag mit dabei sein?«

Sie lachte. »Du kennst mich doch. Ich habe Nicole bereits angerufen und ihr zugesagt.«

Nein, er kannte Emily überhaupt nicht. Die einzige, die mit ihrer Einschätzung immer richtig gelegen hatte, war Sandy.

Als er zwei Stunden später wieder in seinem Wagen saß und in Gedanken den nächsten Tag durchging, beschloss er, den Donnerstagvormittag auf dem Tennisplatz zu verbringen und danach Sandy einen Besuch abzustatten. Jetzt hatte er schon zweimal hintereinander ein Clubtreffen ausfallen lassen. Diesen Samstag wäre er auf jeden Fall wieder dabei – allein schon wegen Emily. Sie zusammen mit einem zweiten Mann zu ficken, wäre natürlich ganz großes Kino.

***

Das Tennis hatte ihm gut getan. Er fühlte sich topfit, sehr gut durchblutet und nach dem Duschen auch richtig unternehmungslustig. Er machte einen Abstecher zu einem exquisiten Feinkostgeschäft und kaufte eine Kiste mit sechs Flaschen Veuve

Cliquot. Er verstaute die Kiste in seinem Kofferraum, dann fuhr er weiter in Richtung Channel Street, wo Sandy wohnte.

Sandy öffnete ihm in ihren allerschlimmsten Arbeitsklamotten. Ihre Haare waren zerzaust, ihre Wangen glühten.

»Oh, mein Gott, was willst du denn hier?«, fragte sie. »Wieso rufst du nicht vorher an?«

»Sorry, war ein spontaner Einfall. Ich wollte nur mal wieder deine Champagnervorräte auffüllen.«

»Oh, vielen Dank. Wirklich sehr aufmerksam. Aber wie du siehst, stecke ich tief in der Arbeit. Für kleine Entspannungsübungen habe ich leider keine Zeit.«

Er grinste. »Am Samstag auch nicht?«

»Wie kommst du denn darauf? Am Samstag bin ich selbstverständlich wieder dabei.«

Er packte sie am Arm und zog sie an sich.

»Marc, lass das. Es läuft jetzt nichts, sag ich dir. Erstens hat mich Tom gestern sehr gut befriedigt, und zweitens habe ich keine Zeit. Am Samstag darfst du wieder ran. Versprochen. Heute nicht.«

»Was machst du denn gerade?«

»Das weißt du doch. Ich entwerfe Ketten und Ohrschmuck für meine dritte Londoner ›Schmucknacht‹. Ich habe wirklich wahnsinnig viel zu tun. Hier, guck dir mal meine Hände an. Ich sitze jeden Tag zwölf Stunden an der Werkbank.«

»Oh je.«

»Aber einen schönen Ficksamstag bei Nicole lasse ich mir natürlich nicht entgehen. Kein Mensch kann immer nur arbeiten.«

»Rate mal, wer am Samstag auch wieder dabei ist.«

»Keine Ahnung. Emily?«

»Hey, du bist ja richtig gut.«

»Intuition.«

»Ich glaube, Emily hat sich für Samstag richtig was vorgenommen.«

»Das überrascht mich nicht. Das habe ich dir doch immer gesagt. Emily ist ein schlafender Vulkan. Wenn die Blut geleckt hat, wird sich so mancher noch wundern.«

Marcs Handy klingelte.

Er schaute aufs Display: Lady Gladys!

»Hi, Gladys«, sagte er.

»Hi, Marc. Du, mir gehen da ein paar Sachen durch den Kopf, die ich gern mit dir besprechen möchte.«

»Worum geht's?«

»Ich möchte das gern in Ruhe mit dir besprechen. Können wir uns heute Abend sehen?«

»Ja, ich habe noch nichts vor.«

»Gut, dann schlage ich vor, du kommst heute Abend zu mir. Die Adresse hast du ja.«

»Sehr gern, Gladys. Also dann, bis heute Abend.«

Sandy grinste. »Na also. Marc Feldman war schon immer ein Glückpilz. Wenn die eine nicht kann, steht die andere bereits vor der Tür.«

»Es ist nicht so wie du denkst, Sandy.«

»Ist klar.« Sie lachte. Jetzt nahm sie ihn doch in den Arm und drückte ihn. »Marc, jetzt musst du aber wirklich gehen, sonst schaffe ich meine Arbeit nicht. Und vielen Dank noch mal für den Champagner.«

»Gern geschehen.« Er küsste sie zum Abschied auf den Mund. »Viel Erfolg. Dann bis Samstag. Bye.«

Nachdem sie die Tür hinter ihm geschlossen hatte, räumte sie rasch die Kiste mit dem Champagner in die Küche und hüpfte dann ins Bad. Duschen, Haare waschen, Föhnen, Schminken, Ankleiden – es musste jetzt alles verdammt schnell gehen.

Eine Dreiviertelstunde später klingelte es erneut an ihrer Tür.

Diesmal war es Paula. Sie hatte sich in ein todschickes Sommerkleid geworfen. Dazu trug sie Highheels.

Sandy war noch immer barfuß.

Die Damen fielen sich lachend in die Arme.

»Rate mal, wer gerade hier war«, sagte Sandy.

»Keine Ahnung.«

»Marc.«

»Marc?«

»Ja, er wollte natürlich ficken, aber ich habe ihn sofort weggeschickt.«

»Wieso das denn? Vielleicht wäre es ganz nett mit ihm geworden.«

»Wenn ich einen Fick gebraucht hätte, hätte ich ihn nicht weggeschickt. Marc gibt mir zurzeit nicht das, was ich brauche.«

»Was brauchst du denn?«, fragte Paula, obwohl sie die Antwort längst kannte.

»Dich natürlich.«

»Du bist scharf auf mich?« Es war klar, dass diese Frage nicht ernst gemeint war.

»So scharf, wie eine Frau auf eine Frau nur scharf sein kann.«

»Geht mir genauso, Sandy. Du kannst dir nicht vorstellen, wie sehr ich mich nach deinen Zärtlichkeiten sehne. Ich spüre in deiner Gegenwart immer eine dermaßen starke Erregung, dass mir fast schwindelig wird.«

»Das hast du lieb gesagt. Heute machen wir es uns mal so richtig schön. Warte mal 'ne Sekunde, ich lass uns Wasser ein.«

Sie verschwand im Bad.

Nach einer Minute kam sie wieder. Splitterfasernackt. Ihre Muschi pochte.

»Du bist wunderschön«, sagte Paula mit ehrlicher Bewunderung.

Sandy lächelte sie dankbar an. Während das Wasser in die Wanne lief, ging sie wortlos auf Paula zu, schloss die Augen, sog ihren Duft ein und drückte ihren Mund auf ihre weichen Lippen.

Paula fand, dass Sandys Küsse wunderbar schmeckten. Sie verstärkten ihr Verlangen. Sie ließ sich von ihr die Träger ihres Kleides von den Schultern streifen und es sich bis zur Hüfte herunterziehen. Ihre Nippel waren sofort steil aufgestellt.

Sandy neigte ihren Kopf zu ihnen hinunter, saugte und knabberte daran, während sie gleichzeitig mit einer Hand unter Paulas Kleid fuhr und ihre Muschi streichelte. Paula trug wie so häufig keinen Slip. Sie wurde sofort feucht, als Sandys Finger über ihre Klitoris huschten.

»Komm, wir nehmen uns was zu trinken mit«, sagte Sandy schließlich.

Sie ging in die Küche, wo sie schon einen Eiskübel mit einer geöffneten Flasche Veuve Cliquot bereitgestellt hatte. Während sie zwei Gläser mit der prickelnden Flüssigkeit füllte, zog Paula sich ihr Kleid vollständig aus und streifte die Highheels ab. Dann folgte sie Sandy.

In der Küche stießen sie miteinander an.

»Auf die Liebe unter Frauen«, sagte Sandy.

»Auf die Liebe unter Frauen«, wiederholte Paula.

»Auf geht's«, sagte Sandy schließlich. »Ich möchte dich verwöhnen. Die Gläser nehmen wir mit.« Sie schnappte sich den Champagnerkübel und ging voran ins Bad.

Das Kopfende der Wanne ging nahtlos über in eine etwa einen Quadratmeter große gefliesste Ablagefläche. Sandy stellte den Champagnerkübel und ihr Glas ab.

Die Wanne hatte sich inzwischen bis zur Hälfte mit Wasser gefüllt. Sandy hielt kurz ihre Hand ins Wasser und fühlte die Temperatur. »Genau passend«, sagte sie. Dann stieg sie in die Wanne.

Paula stellte ihr Glas ebenfalls ab und setzte sich Sandy gegenüber. Die Frauen rückten ganz nahe zusammen. Sandy nahm die Brause aus der Halterung und verteilte die warmen Wasserstrahlen sanft über Paulas Brüste. Ihre Münder suchten sich, und ihre Zungen spielten miteinander. Mit ihrer freien Hand massierte Sandy liebevoll Paulas Brüste, und Paula streichelte im Gegenzug Sandys Oberschenkel. Dann neigte Sandy ihren Kopf nach vorn und saugte sanft an Paulas steil aufgerichteten Nippeln. Diese wiederum ließ ihre Fingerspitzen zärtlich über Sandys Rücken gleiten.

Sandys Mund löste sich von Paulas Brust und suchte erneut deren weiche Lippen. Während sich die Freundinnen küssten, lenkte Sandy die Wasserstrahlen noch einmal über Paulas Brüste, dann weiter hoch zu ihrem empfindlichen Hals.

Paula legte ihren Kopf sofort genießerisch in den Nacken. Die Wasserstrahlen bewegten sich lustvoll über ihren Hals. Gleichzeitig wurde sie sanft an der Wange gestreichelt. Dann spürte sie, wie die Wasserstrahlen wieder hinunter zu ihrer Brust wanderten.

Paula wollte ihrer Freundin nun den gleichen Genuss bereiten und nahm ihr die Brause aus der Hand. Sandy strich ihr Haar nach hinten und schloss die Augen. Sie spürte, wie die warmen Strahlen langsam von ihrer Brust hinauf zu ihrem Gesicht wanderten und schließlich ihre Haare benetzten. Sie öffnete leicht die Lippen, ließ etwas Wasser in ihren Mund laufen und näherte sich Paula zum Kuss, sodass ein Teil des Wassers nun auch in Paulas Mund lief. Dabei streichelten sie sich mit unglaublicher Zärtlichkeit.

Schließlich lösten sich ihre Münder voneinander, und Sandy lehnte sich zurück. Sie spreizte ihre Beine, soweit es die seitliche Begrenzung der Wanne erlaubte. Paula drehte sich um und wandte ihr den Rücken zu. Sandy ergriff Paulas Kopf und zog ihn sanft nach hinten, bis er in ihrem Schoß zu liegen kam.

Paula bog ihren Kopf ganz weit zurück und sah Sandy von unten her an. Sandy zog ihr linkes Bein an und stellte ihren Fuß auf dem Rand ab. Mit der einen Hand streichelte sie Paulas Brust, mit der anderen liebkoste sie ihr Gesicht, und als Sandys Daumen zärtlich über Paulas Lippen strich, öffnete diese ihren Mund, um an ihrem Daumen zu lutschen.

Paula rutschte nun etwas hoch, leckte und streichelte Sandys linkes Bein, das noch immer auf dem Wannenrand abgestellt war. Sandy kraulte derweil Paulas nasses Haar. Dann zog sie ihr linkes Bein noch weiter an und ließ ihren Fuß schließlich auf Paulas linker Schulter ruhen.

Als Paula ihren Oberkörper aufrichtete, rutschte Sandys Bein ab und fiel zurück ins Wasser. Sie lehnte sich nun ebenfalls nach vorn und begann, Paulas Rücken zu lecken. Langsam und genüsslich und mit unglaublichem Einfühlungsvermögen. Mit der einen Hand streichelte sie Paulas Brust, mit der anderen Paulas Rücken.

Nun wanderte ihre Zunge ganz langsam an Paulas Wirbelsäule empor, und als sie sich schließlich an ihrem Ohrläppchen festsaugte und zärtlich hineinbiss, wäre Paula vor Lust fast vergangen. Sie hatte schon die ganze Zeit über leise gestöhnt, aber nun wiegte sie ihren Kopf hin und her und drehte ihn schließlich so weit zur Seite, dass Sandy zuerst ihre Wange und dann ihren Mund mit Küssen bedecken konnte.

Dann stand Sandy plötzlich auf. Sie rückte den Champagnerkübel und die beiden Gläser zur Seite und nahm auf der gefliesten Ablagefläche Platz. Den linken Fuß stellte sie wieder auf dem Wannenrand ab, ihr rechtes Bein blieb im Wasser.

Paula hockte sich sofort zwischen ihre Beine und begann sie zu lecken. Sandys Möse war bereits stark angeschwollen, und sie zuckte jedes Mal zusammen, wenn Paulas Zunge ihre Klitoris zu sehr reizte. Dankbar streichelte sie ihrer Freundin über den Kopf. Paula leckte sie meisterhaft, und sie krümmte sich vor Lust.

Schließlich rutschte Sandy zurück in die Wanne. Nun drehte sie sich um und ging auf die Knie. Ihr Oberkörper war vornübergeneigt und ruhte zur Hälfte auf der gefliesten Fläche. Sie reckte Paula ihren perfekten Arsch entgegen, um sich auch hinten angemessen verwöhnen zu lassen.

Paula spreizte Sandys Arschbacken, dann fuhr sie mit ihrer Zunge ganz langsam und verspielt durch die Spalte. Sie umkreiste die bereits leicht geöffnete Rosette, tauchte kurz mit ihrer Zunge hinein, kitzelte sie fast bis zum Wahnsinn, fuhr dann wieder hinunter, um ihr grausames Spiel an Sandys Klitoris fortzusetzen.

Sandy wand sich vor Lust und stand kurz vor der Explosion.

Nun drang Paula mit zwei Fingern in Sandys Vagina. Anfangs ging sie sehr behutsam und langsam vor, aber weil Sandys Stöhnen immer lauter und intensiver wurde, beschleunigte sie das Tempo.

Paula nahm schließlich den Daumen ihrer anderen Hand hinzu und drückte ihn in Sandys Anus.

In beide Löcher gleichzeitig gefickt zu werden, war nun wirklich das Höchste der Gefühle. Es dauerte nicht lange, und Sandy explodierte lauthals schreiend unter Paulas grandioser Fingerfertigkeit.

***

Marc hatte sein Büro heute Abend früher als gewöhnlich verlassen. Er wollte zu Hause in Ruhe duschen und sich dann angemessen stylen – leger mit einem Hauch Noblesse –, denn ein Abend mit Lady Gladys war selbst für einen so attraktiven und erfolgreichen Mann wie ihn kein alltägliches Ereignis.

Kurz nach acht klingelte er am Portal ihres Palais in Kensington.

Sie öffnete ihm in einem tief ausgeschnittenen zartlila Chiffonkleid, dem man seine Preisklasse bereits auf einer Entfernung von zweihundert Yards ansah. Sie war hinreißend schön und mit einem so natürlichen Charisma ausgestattet, dass wahrscheinlich neunundneunzig Prozent aller Männer es nicht einmal wagen würden, sie auch nur anzusprechen.

Marc verschlug es erneut den Atem, als sie vor ihm stand und ihm zur Begrüßung einen Kuss auf den Mund hauchte. Kaum auszudenken, was es für einen normalen Mann bedeuten würde, mit dieser Göttin ins Bett zu steigen. Er hingegen hatte bereits dreimal mit ihr geschlafen. Er hatte wirklich nicht die geringste Ahnung, warum sie so vernarrt in ihn war.

Als er ihr riesiges Wohnzimmer betrat, kehrten die Erinnerungen an seine erste intime Begegnung mit ihr umgehend zurück. Es waren ausnehmend positive Erinnerungen, was natürlich nicht nur an dem exzellenten Essen und der wohltuenden Atmosphäre in ihrem Palais gelegen hatte. Nein, er hatte ihr einen großartigen Arschfick verpasst, und sie hatte vor Wollust geschrien und gezittert.

»Setz dich bitte.« Sie wies ihm einen Platz auf der cremefarbenen Couch zu.

Marc plumpste ins weiche Leder.

»Ich habe eine kleine Überraschung für dich«, sagte sie. Sie öffnete die Schublade eines Sideboards, holte ein schön verpacktes Geschenk hervor und überreichte es ihm. »Ich war für zwei Tage in New York. Ich hoffe, es gefällt dir.«

Marc hob überrascht eine Augenbraue. »Jetzt bin ich aber gespannt.«

Während er die Verpackung löste, setzte sie sich so geschickt neben ihn, dass ihre nackten Beine optimal zur Geltung kamen.

»Oh, diese Überraschung ist dir aber sehr gut gelungen. Vielen Dank«, sagte er, während er das kostbare Stück sorgfältig begutachtete. Es handelte sich um eine kleine frühamerikanische Skulptur, die ein Liebespaar beim Koitus zeigte.

»Als du das letzte Mal hier warst, hatte ich das Gefühl, dass dir meine Sammlung frühamerikanischer Kunst sehr gefällt, und da dachte ich mir ...«

»Du bist ein Schatz, Gladys.« Er zog sie an sich und küsste sie auf die Wange.

»Nur eine kleine Anerkennung für dein Engagement in Sachen Ehrenrettung Randolph.«

»Danke. Ich bin aber nur derjenige, der die Operation angestoßen hat. Die eigentliche Arbeit machen andere.«

»Ich weiß. Die anderen werden auch keinesfalls leer ausgehen ... Hat die Überwachung von Burjakin denn schon etwas ergeben?«

»Ich möchte noch ein paar Tage warten, ehe ich meine

russische Spionin bitte, die Mikrokamera aus Kittys Zimmer wieder zu entfernen. Bislang wurde sie jedenfalls nicht entdeckt. Hoffen wir, dass sie das Richtige aufgezeichnet hat.«

»Ja, hoffen wir das.«

Sie stießen mit einem Glas Champagner an und ließen dann noch einmal das schöne und erlebnisintensive Wochenende auf Tottenham Castle Revue passieren. Lady Gladys knüpfte exakt da an, wo sie am Sonntag aufgehört hatten: Marcs Erzählungen über seine »VögelBar«.

»Ich habe das Thema nochmals mit meinem Bruder erörtert«, sagte sie. »Randolph ist stark interessiert und sieht das alles vollkommen locker. Seitdem er diese irre Medizin nimmt, ist ihm scheinbar alles egal. Er ist fest entschlossen, an eurem nächsten Clubtreffen teilzunehmen.«

»Aber das ist doch wunderbar«, sagte Marc.

»Natürlich ist ein diskreter Privatclub etwas Wunderbares, aber was ist, wenn es mit der Diskretion nicht so weit her ist, wie du behauptest?«

»Gladys!« Marc schlug einen ernsten und überzeugenden Ton an. »Jedes Clubmitglied weiß, dass die Preisgabe eines Namens zu seinem sofortigen und unwiderruflichen Rausschmiss führt. Wer singt, fliegt – so einfach sind unsere Regeln. Aber warum sollte jemand so was tun? Unsere Mitglieder sind alle gut situiert, niemand hat auch nur den Hauch eines Interesses daran, etwas nach außen dringen zu lassen.«

Lady Gladys schien nicht ganz überzeugt. »Bevor ich dir zusage, möchte ich ein paar Fragen beantwortet haben ... Oder besser: Ich möchte die Lokalitäten vorher inspizieren. Wäre es dir möglich, das kurzfristig zu organisieren?«

»Na klar. Selbstverständlich. Allerdings müsste das schon morgen geschehen, denn das nächste Clubtreffen ist ja bereits übermorgen.«

»Okay, dann kümmere dich bitte darum.«

Marc nahm sein Handy und wählte Nicoles Nummer.

Nach einigen kurzen Einleitungsworten teilte er ihr mit, dass er gerade mit Lady Gladys zusammensaß und dass diese den Wunsch geäußert hatte, zusammen mit ihrem Bruder am nächsten Clubtreffen teilzunehmen.

»Oh, das ist aber eine Überraschung«, sagte Nicole.

»Das ist es in der Tat. Allerdings würde Lady Gladys die Räumlichkeiten gern vorher in Augenschein nehmen.«

»Kein Problem, Marc. Ich bin morgen den ganzen Tag über zu Hause. Vormittags ist allerdings die Putzfrau da ...«

»Dann lass uns einen Termin für den Nachmittag machen. Wie wär's mit fünfzehn Uhr? Dann könnte ich auch dabei sein.«

Lady Gladys nickte zustimmend.

»Fünfzehn Uhr ist okay«, sagte Nicole. »Bestell Lady Gladys einen schönen Gruß von mir. Dann bis morgen. Ich freu mich auf euch.«

»Ja, bis morgen, Nicole.«

»Ist sie nett?«, fragte Lady Gladys, nachdem Marc sein Telefonat beendet hatte.

»Wahnsinnig nett.«

»Bei dir habe ich ohnehin das Gefühl, dass du viele nette Leute kennst.«

»Ich bin halt ein echter Sympathieträger.«

»Du hast übrigens auch eine sehr nette Schwester.«

»Ach, hör ich da was raus?«

Lady Gladys lachte. »Eine unbestimmte Sehnsucht schlummert doch mehr oder weniger in jeder Frau.«

»Das heißt, du könntest dir also durchaus Sex mit Brittany vorstellen?«

»Wer weiß?«

Marc stellte sich das gerade vor: Die hellblonde, charismatische Gladys und seine dunkelhaarige, leicht exhibitionistische Schwester. Au Mann, da würde er ja nur allzu gern Augen- und Ohrenzeuge sein! »Als ich Brittany das letzte Mal gesprochen habe, sagte sie mir, dass sie am Samstag dabei sein möchte.«

»Oh, wie schön. Ich kann dir allerdings nichts versprechen. Sollte ich am Samstag ebenfalls dabei sein, hängt alles weitere von meiner Stimmung ab.«

Marc sah auf die Uhr. »Huch, schon so spät?«

Lady Gladys guckte leicht irritiert. »Du bist doch gerade erst gekommen.«

»Ja, aber nur auf ein Gläschen Champagner.«

»Bitte? Du willst mich doch wohl jetzt nicht auf dem Trocknen sitzen lassen.« Ihr stand das Entsetzen förmlich ins Gesicht geschrieben.

»Mir scheint, hier liegt ein Missverständnis vor, Gladys. Ich kann mich nicht erinnern, dass du mich zum Dinner eingeladen hast.«

»Zum Dinner nicht. Aber zu etwas weit Schönerem.«

»Das wusste ich nicht. Zu was denn, wenn ich fragen darf?«

»Na, zu was wohl.« Sie lächelte ihn an, und ihre Hand lag blitzartig auf seinem Oberschenkel.

»Gladys, ich sag's dir ganz ehrlich: Du bemühst dich zu wenig um mich.«

»Bitte?« Sie zog ihre Hand blitzartig wieder weg. »Habe ich dir durch dieses schöne Geschenk nicht hinreichend bewiesen, dass du mir etwas bedeutest?«

»Du hast mir damit bewiesen, dass du einen ausgezeichneten Geschmack hast. Die Figur gefällt mir.«

Die hochadelige Blondine konnte sich nicht daran erinnern, jemals von einem Mann dermaßen herablassend behandelt worden zu sein. Am liebsten hätte sie ihn jetzt achtkantig vor die Tür gesetzt. Aber da war irgendetwas in ihr, das diese naheliegende Verhaltenslogik ins genaue Gegenteil verkehrte. Ihr Pussy begann lebhaft zu pochen, und wenige Augenblicke später war sie dermaßen scharf auf diesen Mann, dass ihr alles egal war.

»Ach komm«, säuselte sie, »ich bin auch ganz zahm.« Dabei streichelte sie ihm verführerisch über die Innenseite seiner

Oberschenkel und sah ihn aus total verliebten Augen an. Ihre Emotionen überschlugen sich.

Augenblicke später lagen sie sich leidenschaftlich knutschend in den Armen. Ihr Kleid war die ganze Zeit über immer höher gerutscht. Weil es ihr allmählich lästig wurde, befreite sie sich davon, indem sie es sich kurzerhand über den Kopf streifte und weit von sich warf.

Marcs Hand glitt die Innenseiten ihrer Schenkel hoch. Als er ihren Slip erreichte, spreizte sie ihre Beine ganz automatisch, und er fühlte ihre Nässe. Während er ihre Muschi durch den feuchten Slip massierte, musste er vor Genugtuung innerlich lachen. Er würde sie heute dermaßen hart ran nehmen, dass sie um Gnade flehen würde.

Dann zerriss er ihren Slip.

»Huch!«, sagte sie, konnte ihm aber nicht böse sein. Splitterfasernackt stand sie plötzlich auf und wollte ihn an der Hand in ihr Schlafzimmer ziehen, aber das ließ er nicht zu.

»Hast du Massageöl da?«, fragte er.

»Ja, hab ich«, sagte sie leise.

»Dann hol es.«

Sie ließ von ihm ab und ging ins Bad. Kurze Zeit später kam sie mit einer ziemlich großen Flasche Öl wieder.

»Die ist noch fast voll«, sagte sie.

»Das ist gut. Gib sie her!«

Er hatte sich inzwischen ebenfalls von seinen Klamotten befreit und lag nun nackt auf der Ledercouch. Sein Kopf ruhte auf der Lehne.

Während sie ihm die Flasche reichte, starrte sie auf sein bereits stark angeschwollenes Glied. Die Wildheit, die sie in ihm spürte, erregte sie maßlos. Sie kniete sich vor ihm nieder, um seine Eier sanft zu massieren. Als sie sah, dass es ihm gefiel, beugte sie sich über ihn und nahm seinen Schwanz in den Mund.

Marc öffnete die Flasche mit dem Massageöl und goss ihr

eine große Menge der Flüssigkeit über den Hintern. Während sie ihm einen blies, verteilte er das Öl großflächig über ihren Arsch, massierte ihr die Rosette und ließ das Öl durch ihre Arschspalte auf den Teppich fließen. Sie war inzwischen dermaßen geil, dass es ihr egal war, was mit ihrem Teppich passierte. Schließlich warf sie sich längs der Couch auf den Boden, wobei ihr Becken vor Erregung kreisende Bewegungen vollführte.

Marc hielt noch immer die Flasche mit dem Massageöl in der Hand. Er richtete sich auf und goss weiteres Öl über ihren Hintern, der sich jetzt fast ekstatisch auf und nieder bewegte. Er gab ihr einen Klaps darauf, dann setzte er sich breitbeinig hin und wichste seinen stark erigierten Schwanz.

Sie ging wieder auf die Knie. Ihr Gesicht näherte sich dem seinen. Sie wollte ihn küssen. Das ließ er auch zu, aber nicht, ohne sie zwischen diesen hastigen und gierigen Berührungen ihrer Münder immer mal wieder auf die Wange zu schlagen.

Sie stöhnte vor Lust, und bei manchen Schlägen riss sie vor Schmerz den Mund auf. Aber sie belohnte ihn mit einer raffinierten Kusstechnik und wichste gleichzeitig seinen Schwanz. Als ihre Wange zu sehr brannte, löste sie sich von ihm. Sie suchte Deckung, indem sie vor ihm zu Boden ging und seine Füße leckte. Aber er kannte keine Gnade. Er packte ihre Arme und bog sie so weit zurück, bis ihre Handgelenke auf ihrem Rücken übereinander lagen. Mit der einen Hand hielt er ihre Handgelenke umklammert, mit der anderen klatschte er ihr auf den vor Öl glänzenden Arsch.

Jetzt kannte sie kein Halten mehr. Wenn sie nicht sofort seinen Schwanz zu spüren bekam, würde sie verrückt. Sie sprang auf, schubste ihn zur Seite, sodass er wieder auf dem Rücken lag und hockte sich auf ihn. Sein Schwanz flutschte ohne den geringsten Widerstand in ihre ölverschmierte Fotze.

»Uah, das ist der Wahnsinn«, stöhnte sie. Dann ritt sie ihn wie eine Verrückte. Jede Form von Zurückhaltung war von ihr abgefallen.

Während Marc ihr auch weiterhin zum Teil recht schmerzhafte Schläge auf den Hintern verpasste, verteilte er mit der anderen Hand das Öl über ihre Beine und ihren Rücken. Dann richtete er sich wieder auf und nahm eine Sitzhaltung ein. Gleichzeitig packte er sie an den Haaren und zog ihren Kopf nach hinten. Mit weit zurückgebogenem Rücken fickte sie ihn noch heftiger. Und wieder landeten ein paar Schläge in ihrem Gesicht.

Mein Gott, dieser Mann hatte total begriffen, wie sie tickte. Diese raffinierte Mischung aus Schmerz und Lust machte sie nicht nur sehr gefügig, sondern geradezu wahnsinnig.

Wie gut, dass sie sich jetzt nicht selber sehen konnte, denn ihre Schminke war verlaufen, und das ölverschmierte Haar hing ihr wirr im Gesicht. Als er für einen kurzen Moment von ihren Haaren abließ, schnellte sie nach vorn, rutschte von seinem Schwanz herunter und hockte sich neben ihn auf die Couch. Dann saugte sie wie eine Wahnsinnige an seinem Glied. Und wieder packte er sie an den Haaren, zog ihren Kopf zurück und scheuerte ihr eine. Dann ließ er sie weiterlutschen.

Er zog sie erneut an den Haaren hoch, und ihre Münder fanden sich. Zärtliche Zungenküsse wechselten sich ab mit schmerzhaften Backpfeifen. Ihr Atem ging schwer, und ihre Augen wurden vor unkontrollierter Gier immer größer.

Als sie sich ihm entwinden wollte, packte er mit beiden Händen ihr Becken und setzte sie auf sich. Ihr Rücken ruhte auf seiner Brust, kurz darauf steckte sein Schwanz erneut in ihrer Fotze. Während er sie hart durchnahm, rubbelte er mit zwei Fingern ihren Kitzler, und sie schrie vor Entzücken.

Er legte sich wieder zurück und zog sie mit sich.

Lady Gladys war inzwischen ganz außer sich vor Geilheit. Mein Gott, wie lange war es her, dass sie ein Mann so grandios durchgefickt hatte. Wenn eins feststand, dann dies: Sie würde ab jetzt alles für ihn tun. Was immer er von ihr begehrte, sie würde es ihm mit Freude geben. Er sollte sich alles nehmen, denn ihm stand wirklich alles zu.

Als sie sich leicht auf die Seite drehte, blieb sein Schwanz in ihr. Er gab ihr erneut ein paar Klapse auf den Hintern, der aus einem Paar perfekt geformter Kugeln bestand, dann massierte er mit seinem ölverschmierten Mittelfinger ihren Anus.

Lady Gladys verdrehte vor Lust die Augen. Ihr Hintern drängte sich geradezu gegen seinen Finger, der auch sofort tief in ihr steckte. Wie sehr sehnte sie sich nach einem Arschfick. Sie warf ihm einen sehnsüchtigen Blick zu, damit er auch verstand. Aber das war gar nicht nötig, denn als sie kurz darauf wieder mit ihrem Rücken auf seiner Brust lag, drang sein Schwanz mit größter Leichtigkeit in ihren Arsch. Und als seine geschickten Finger gleichzeitig ihren Kitzler massierten und ihre Brüste kneteten, verfiel sie in Raserei. Sie zog ihre Beine ganz nahe an ihren Oberkörper, während sein harter Knüppel unablässig ihr Arschloch stopfte.

Sie schrie so laut, dass Marc befürchtete, sie verlöre den Verstand. Schließlich warf er sie von sich. Sie fiel auf den Teppich, schnellte aber umgehend herum und saugte erneut wie eine Verrückte an seinem Schwanz. Marc erlaubte es ihr, doch dann packte er sie fest an den Haaren. Er erhob sich von der Couch und baute sich vor ihr auf. Während sie nun auf den Knien vor ihm lag und von unten seine Eier leckte, sah er, dass ihr Mascara völlig verlaufen war. Sie sah gespenstisch aus.

Dann setzte er sich wieder hin, ließ sie aber weiterhin vor sich knien und ihn lutschten, während er ihr gleichzeitig – leicht nach vorn gebeugt – zwei Finger in den Arsch steckte und sie damit fickte.

Dann zog er sie erneut an den Haaren zu sich hoch, küsste sie zärtlich und schmierte ihr gleichzeitig eine. Er jagte sie durch einen Tsunami der unterschiedlichsten Emotionen, und es war klar, dass sie nach dieser Nummer süchtig nach ihm werden würde.

Nun umklammerte er ihren Hals mit beiden Händen und sah ihr dabei fest in die Augen. Was er sah, bestätigte seine

Vermutung. Er sah den total verliebten und hingebungsvollen Blick einer Frau, die sich ihm vollständig unterwarf und dabei die größtmögliche Lust empfand. Er wollte dieses grausame Spiel endlich zu seinem Ende bringen und zog sie zurück auf die Couch.

Sie fiel sofort auf die Knie und nahm den Doggystyle ein.

»Fick mich bitte in den Arsch«, stöhnte sie mit letzter Kraft.

Es dauerte nur Sekunden, und sie kam zum ersten Mal. »Ja, fick mich, fick mich, fick mich!« Die Wellen eines Wahnsinns-Orgasmus brandeten über sie hinweg.

Marc hämmerte sie wie eine Maschine. Er gönnte ihr keine Pause, und sie fühlte, wie das Abklingen des ersten Orgasmus nahtlos in das Aufkeimen des nächsten überging. Sie heulte und schrie, als es ihr zum zweiten Mal kam.

Marc ließ kurz von ihr ab, dann warf er sie auf die Seite. Er ergriff die Flasche mit dem Massageöl und kippte den Rest der Flüssigkeit über ihren Arsch. Der glänzte inzwischen dermaßen weiß und prall, dass es ihm fast schon vom bloßen Hinsehen gekommen wäre. Dann nahm er die für ihn günstigste Position ein und fickte sie abwechselnd in Fotze und Arsch.

Und Lady Gladys kam ein weiteres Mal.

Vollkommen erschöpft und keuchend sackte sie schließlich in sich zusammen. Doch Marc gab keine Ruhe. Er packte sie erneut an den Haaren und zog sie von der Couch. Wieder musste sie sich vor ihm niederknien. Als er sich zu wichsen begann, öffnete sie ihren Mund und streckte die Zunge heraus. Und als zwei, drei Fontänen direkt in ihren Rachen trafen, schluckte sie alles begierig hinunter.

Es war ein gelungener Abend, den sie lachend und mit einem weiteren Glas Champagner beschlossen. Beim Ankleiden empfand Marc große Zufriedenheit mit sich selbst. Anfangs hatte es ja ganz danach ausgesehen, als würde Gladys die Oberhand über den Abend behalten, aber dann hatte er geschickt die Kurve gekriegt. Er hatte ihr jetzt den Platz zugewiesen, der ihr zukam: Den einer weiteren, heillos in ihn verknallten Geliebten.

Welche dieser vielen tollen Frauen letztlich den Platz an seiner Seite als seine Königin einnehmen würde, wusste er allerdings selbst noch nicht.

***

Nicole du Barry saß in ihrem Arbeitszimmer vor ihrem Notebook und schrieb an ihrem vierten Erotikroman. Zwischendurch genoss sie immer mal wieder den Blick auf ihren wunderschönen Garten. Die Tür zur Terrasse stand offen, frischer Blumenduft durchzog den Raum, und draußen zwitscherten die Vögel in den Obstbäumen. Die klappernden Geräusche der Putzfrau, die an diesem warmen Freitagmorgen schon seit zwei Stunden ihr Haus durchzogen, wirkten sich ungemein stimulierend auf ihre Kreativität aus.

Wenn sie an ihre Fangemeinde dachte, musste sie unwillkürlich schmunzeln. Die Leser glaubten, dass die hocherotischen Storys der »Crystal Bryce« in erster Linie ihrer allzu lebhaften Fantasie entsprängen. Doch das Gegenteil war der Fall. Tatsächlich war fast alles selbst erlebt, und Nicoles Sexualleben war in letzter Zeit dermaßen ausgefüllt, dass sie kaum noch Zeit fürs Schreiben fand.

Morgen war wieder Clubtreffen. Sie brauchte nur daran zu denken oder die Erlebnisse der letzten Clubnachmittage Revue passieren zu lassen, um in ihrer Möse ein leichtes Pochen hervorzurufen. Aber für ein bisschen Selbststimulanz war jetzt nicht der geeignete Moment. Solange die Putzfrau im Haus herumwirbelte, würde sie ihren Orgasmus nicht genießen können.

Wenn sie es recht bedachte, dann war Marcs Idee mit der »VögelBar« die größte Bereicherung ihres Lebens. Anfangs hatten sie noch befürchtet, nicht genügend Mitglieder zusammenzubekommen, aber die Ereignisse der letzten Tage und Wochen bewiesen zur Genüge, dass ihre Befürchtungen unbegründet gewesen waren. Morgen würden nicht nur Emily

Blokarsky und Marcs Schwester Brittany dabei sein, sondern auch Antonia Sanchez, die brasilianische Transe.

Und wenn es ganz dicke käme, dann würden Lady Gladys und Lord Randolph ihnen ebenfalls ihre Aufwartung machen. Aber so weit mochte sie im Augenblick gar nicht denken.

Stattdessen dachte sie an Marc. Natürlich war sie nicht im Detail informiert über das, was er trieb. Aber das Wenige, was sie von seinen zahlreichen Liebschaften reflektiert bekam, bot doch Anlass zu einer gewissen Sorge. Wenn man der Presse im Vereinigten Königreich auch nur etwas Glauben schenken durfte, dann war Marc Feldman zurzeit der am meisten beneidete Junggeselle. Denn dass er die schönste Jetsetterin des englischen Hochadels regelmäßig nagelte, bezweifelte inzwischen niemand mehr.

Nicole tat es nur leid um Inga. Die hübsche Schwedin hatte sich Hals über Kopf in den smarten Astrologen verliebt. Das hatte sie ihr selbst gesagt. Sie war ihm wochenlang treu gewesen und hatte erst nach ihrer Rückkehr aus Schweden erfahren, wie es um seine eigene Treue stand. Sie litt wahnsinnig unter seinen Eskapaden. Aber so war Marc nun mal. Er liebte die Frauen, und die Frauen liebten ihn. Aber keiner Frau würde es jemals gelingen, ihn zu ändern, geschweige denn, ihn zum Traualtar zu führen.

Sie seufzte. Marc und die Frauen – das würde noch mal Gegenstand eines gesonderten Buches werden.

***

Marc stieg aus und klingelte. Aus der Ferne ertönte ein tiefer Gong. Auf dem Beifahrersitz saß Lady Gladys. Sie blickte auf eine lange und hohe Mauer. In der Mitte befand sich ein breites Eisentor. Es gab den Blick auf eine Prachtvilla frei. Überall waren Überwachungskameras angebracht.

»Ich mache das große Tor auf, dann kannst du mit deinem Wagen reinfahren«, sagte eine weibliche Stimme aus der Sprechanlage.

Während sich das Tor langsam öffnete, ging Marc zu seinem Wagen zurück. Dann fuhr er die Auffahrt hoch und parkte vor einer der Garagen.

Nicole öffnete ihnen in einem engen schwarzen Rock und einer relativ weit aufgeknöpften weiße Rüschenbluse. Sie hieß die Besucher herzlich willkommen und führte sie in das große Foyer.

Jetzt, wo sie Lady Gladys zum ersten Mal persönlich gegenüberstand, war sie stark beeindruckt. Die Skandalnudel des englischen Hochadels sah aus, als sei sie gerade einem Fashion Magazin entstiegen. Nicole fand, dass sie eine WahnsinnsFigur und ein WahnsinnsCharisma hatte.

Zwei identisch aussehende Mädchen in geblümten kurzen Sommerkleidchen, beide noch keine zwanzig, erschienen im Hintergrund. Sie waren jung, schön und sehr blond.

»Ah, Ihre Töchter?«, fragte Lady Gladys.

»Nein, das sind meine Angestellten. Sie heißen Selma und Aline. Zwillinge. Eineiig. Leider sind sie taubstumm. Sie können aber von den Lippen lesen.«

»Oh!«

Dann geleitete sie die Besucher in den Salon. Bei einem kleinen Erfrischungstrunk schilderte Nicole noch einmal die Hauptintention des Clubs. Aber die kannte Lady Gladys ja bereits. Sie wollte endlich die Räumlichkeiten in Augenschein nehmen.

»Gut, dann lassen Sie uns jetzt hinuntergehen«, meinte Nicole schließlich.

Man erhob sich, und die Hausherrin führte die Besucher über die lang geschwungene Kellertreppe nach unten. Zuerst besichtigten sie den großen Clubraum.

»Hey, der übertrifft aber eindeutig meine Erwartungen«, staunte Lady Gladys, als sie in der Tür standen. »Ist ja ein Riesenspielplatz.«

»Danke für das Kompliment«, sagte Nicole. »Der Raum

ist L-förmig angelegt. Im hinteren Teil, den Sie von hier aus nicht einsehen können, setzt sich der Raum nach rechts fort. Dort haben wir das Spezialmobiliar für alle nur erdenklichen BDSMPraktiken untergebracht.«

Die eleganten Ledercouchen, die Sessel und Tischchen, die Bar mit der geschwungenen Theke und den DesignerBarhockern und die höchst geschmackvoll ausgestatteten Liegewiesen waren genau nach Lady Gladys Geschmack. Eine große herzförmige Liebesinsel, deren Herstellung ein Vermögen gekostet haben musste, war zweifellos ein Blickfang.

Sie schlenderten eine Weile durch den Raum. Dann gingen sie weiter und erreichten den Raumteil mit dem SpezialEquipment. Lady Gladys befühlte neugierig alle Gerätschaften. Im Großen und Ganzen war sie sehr angetan.

»Wirklich beeindruckend, Madame du Barry.«

»Kommen Sie, ich zeige Ihnen die restlichen Räumlichkeiten.«

Abschließend besichtigte Lady Gladys das luxuriöse Designerbad mit dem riesigen Whirlpool.

»Und dort drüben sind die Saunen, die Duschen und die Toiletten.«

»Also wirklich. Ich bin beeindruckt.«

»Ich habe nicht den geringsten Zweifel, dass Sie sich bei uns wohlfühlen werden, Lady Gladys.«

»Eine Frage: Dürfte ich ein Gerät vielleicht mal ausprobieren?«

»Oh, tun Sie sich bitte keinen Zwang an«, sagte Nicole. »Wir lassen Sie gern eine Weile allein.« Dann fügte sie lächelnd hinzu: »Es gibt da ohnehin eine Kleinigkeit, die ich dringend mit Marc besprechen muss. Entschuldigen Sie uns bitte für ein paar Minuten.«

»Ja. Natürlich. Kein Problem.«

Nicole verschwand mit Marc nach oben in den Salon.

»Worum geht's?«, fragte Marc neugierig.

»Ich muss mit dir über Inga sprechen.«

Marc verdrehte die Augen. Er konnte sich denken, was jetzt kam.

»Inga wird von den tollsten Männern umworben, aber sie hat nur Augen für dich«, sagte Nicole.

»So ein Schwachsinn«, erregte sich Marc. »Jede Frau hat auch Augen für andere Männer.«

»Ich habe ein längeres Gespräch mit ihr geführt. Glaub mir, du hast ihr dermaßen den Kopf verdreht ... Hätte ich nie von ihr gedacht, dass sie sich dermaßen verlieben könnte. Sie hat hier gesessen und eine Stunde lang geheult. Du bist für sie der Eine.«

»Heulen bedeutet bei Inga gar nichts. Sie genießt Freude und Trauer gleichermaßen. Sie kommt einfach nicht damit klar, dass ich auch mit anderen Frauen Sex habe. Wenn es ihr nicht passt, soll sie unsere Beziehung beenden.«

»Das wird sie natürlich nicht tun, und das weißt du auch. Dafür ist sie viel zu erfahren. Denn auf der anderen Seite ist ihr vollkommen klar, dass sexuelle Abwechslung eine Beziehung belebt und ihr die anfängliche Intensität zurückgibt.«

»Was heißt ›zurückgibt‹? Der Sex mit Inga ist unvermindert intensiv. Ich habe mich noch nicht eine Sekunde mit ihr gelangweilt. Allerdings langweilen mich die anderen Frauen, mit denen ich schlafe, ebenfalls nicht. Entweder sie findet sich damit ab, oder sie kann gehen.«

»Ich glaube nicht, dass sie morgen dabei ist.«

»Natürlich nicht. Sie will mir ein schlechtes Gewissen machen. Aber das wird ihr nicht gelingen. Keine Ahnung, wie lange sie schmollen wird. Vielleicht zwei Wochen. Aber glaub mir, sie wird zurückkommen.«

Nicole seufzte. »Dessen bin ich mir sicher.«

Zehn Minuten später gingen sie wieder hinunter in die »VögelBar«. Marc sah mit einem Blick, dass Lady Gladys erregt war. »Und?«, fragte er. »Hast du schon was ausprobiert?«

Lady Gladys befühlte gerade die Oberfläche einer Super-Fickmaschine. Die Kolben für die Doppelpenetration hatten ihre Fantasie stark beflügelt. »Nein, ich überlege noch.«

»Macht nichts. Wenn du morgen dabei bist, kannst du alles in Ruhe testen.«

»Ich bin mir noch nicht ganz sicher. Ehrlich gesagt habe ich noch kein abgerundetes Bild.«

»Was müssen wir denn tun, damit du dir ganz sicher bist?«

»Ihr könntet mir einen Gefallen tun.«

»Und der wäre?«

»Würdet ihr hier vor meinen Augen ficken?«

Marc und Nicole sahen sich überrascht an.

Dann musste Marc lachen. »Ich mag deinen Hang zur Philosophie, Gladys. Ich mag deine sexuelle Freizügigkeit und deinen Lebenshunger. Aber diesen Gefallen werden wir dir nicht tun. Wie wär's, wenn du dir hier stattdessen vor unseren Augen einen runterholtest?«

Das war natürlich genau die Art von Ton, die die adelige Dame brauchte. Mit einer vor Geilheit und Verärgerung gleichzeitig zitternden Stimme wandte sie sich schließlich an Nicole. »Madame du Barry, ich finde Ihre ›VögelBar‹ recht ansprechend.«

»Fein. Das freut uns, Lady Gladys«, sagte Nicole. »Darf ich dies als Zusage für morgen werten?«

»Nein, denn ich bin nach wie vor unschlüssig.«

»Was ist mit Ihrem Bruder?«

»Wenn ich komme, kommt er auch.«

***

Letztlich war es Brittany, die den Ausschlag gab. Sie wollte unbedingt mal an einem Ficknachmittag im Club ihres Bruders teilnehmen. Man war dort ja zu nichts verpflichtet. Jedem Einzelnen stand es frei, wie weit er gehen wollte.

Brittany wollte allerdings nicht ohne Lord Randolph auflaufen, und der wiederum brannte geradezu auf interessante neue sexuelle Kontakte. Und so kam es, dass Lady Gladys am

Samstagvormittag Marc anrief und ihm mitteilte, dass sie es sich inzwischen überlegt hätte und nun doch mitkommen würde.

»Oh, das freut mich aber«, sagte er.

»Wann geht's los?«

»Wir fangen meist so gegen sechzehn Uhr an.«

»Darf ich dich abholen?«

»Gern.«

Als Marc und Lady Gladys zusammen eintrafen, war die Freude bei Nicole groß. »Ich war mir sicher, dass Sie kommen würden«, sagte sie und nahm Lady Gladys zur Begrüßung in den Arm. »Sie sehen hinreißend aus.«

»Danke, Madame du Barry. Sie wussten mit Bestimmtheit, dass ich kommen würde?«

»Bien sûr! Sie sind doch eine intelligente Frau. Und eine intelligente Frau würde niemals freiwillig auf die köstlichen Vergnügungen verzichten, die ihr hier geboten werden.«

»Ah, der verlorene Sohn ist da!«, kam es von hinten. Es war Simon Sarsfield. Er hatte die ganze Zeit über mit seinen Anwaltskollegen Eric Eastwood und Bruce Weingart im großen Salon zusammengestanden und kam nun auf Marc zu.

»Grüß dich, mein Freund«, sagte Simon.

»Grüße dich, Simon«, sagte Marc.

Die Herren klopften sich herzlich auf den Rücken.

»Darf ich dir Lady Gladys vorstellen?«

»Mit Vergnügen.«

Man gab sich höflich die Hand.

Lady Gladys registrierte mit einer gewissen Befriedigung, dass die anwesenden Männer durch die Bank gut aussahen und sehr gut geschnittene Sommeranzüge trugen.

»Sind wir die Letzten?«, fragte Marc.

»Nein«, sagte Nicole. »Wir warten noch auf Lord Randolph und auf deine Schwester. Die beiden wollten zusammen fahren. Emily hat mir gestern ebenfalls fest zugesagt. Sie ist aber noch nicht da.«

»Gab's auch Absagen?«

»Ja. Inga hat sich noch gestern Abend telefonisch bei mir ausgeklinkt. Angeblich hat sie was Besseres vor – den Grund kannst du dir ja wohl denken. Ivana hat ebenfalls abgesagt. Sie meinte, dass sie in einem Privatclub zurzeit dermaßen oft durchgevögelt wird, dass ihr ein paar Stunden der Enthaltsamkeit durchaus gut täten.«

»Hey, Marc, altes Haus!«, rief jemand mit lauter Stimme.

Es war Eric, der mit einem Glas Champagner in der Hand im Foyer erschien. Die Kumpels begrüßten sich auf bewährte Weise.

Spitze Lustschreie hallten plötzlich durchs Haus.

»Huch!«, machte Lady Gladys.

Alle lachten.

»Das dürften Claude und Silvio sein«, meinte Nicole.

»Die Schreie hören sich aber eher nach einer Frau an«, sagte Lady Gladys.

»Vielleicht ist es Sandy«, meinte Marc.

Weitere Schreie und lustvolles Stöhnen reihten sich in diesen Reigen ein.

»Oder Carmen oder Claire«, sagte Nicole. »Die sind nämlich bereits seit einer halben Stunde hier und wie immer hochaktiv.«

Ein tiefer Gong kündigte die nächsten Besucher an.

Lord Randolph war mit seiner neuen Flamme Brittany Parker eingetroffen. In der Hand hielt er einen gewaltigen Blumenstrauß. Darin verborgen war ein dicker Briefumschlag. Er enthielt das Geld für die Auslagen, die Nicole vorab bestritten hatte. Eine noble Geste, die Madame du Barry bestimmt zu schätzen wusste.

Die Hausherrin nahm den Strauß dankbar entgegen, bewunderte ihn und zitierte dann mit einer Kopfbewegung die taubstummen Zwillinge Selma und Aline herbei, damit sie ihr den Strauß abnähmen.

Nicole stand diesem Lord zum ersten Mal leibhaftig gegenüber, drückte ihm aber gleich einen freundschaftlichen Kuss auf die Wange. Dann sah sie ihm tief in die Augen. Damit war klar, dass er heute der Erste wäre, der von ihr gemolken würde.

»Ah, bevor ich's vergesse«, sagte sie, »im Club duzen wir uns natürlich. Lords und Ladies gibt's nur in der Fantasie des einfachen Volkes, nicht bei uns.«

Die hochadeligen Herrschaften nahmen die despektierlichen Worte kommentarlos zur Kenntnis. Was sollten sie auch dagegen haben? Sie waren einfach nur geil und waren ja nur gekommen, um es jetzt mit Gleichgesinnten hemmungslos zu treiben.

Trotzdem löste das Erscheinen des 13. Earl of Suttonborough und seiner Schwester bei manchen Clubmitgliedern ein leichtes Gefühl der Befangenheit aus. Zu stark waren die Aura und das besondere Ansehen, das das Geschwisterpaar umgab.

Brittany wirkte mit ihrem langen dunklen Haar, ihren sehr gewagten Hotpants und Highheels bereits wie eine Dame der besseren Gesellschaft. Als sie ihren Bruder sah, fiel sie ihm lachend um den Hals und küsste ihn auf den Mund.

Fünf Minuten später erschien Emily Blokarsky, Marcs alte Liebe. Sie war fest entschlossen, heute gemeinsam mit ihrem alten Lover und einem weiteren Mann, den sie sich sorgfältig aussuchen würde, Sex zu haben.

Als Letzte erschien Antonia Sanchez, die ultrascharfe brasilianische Katze. Dass sie eine Transe war, wussten nur die Wenigsten.

»Ich konnte leider nicht früher weg«, sagte sie zur Begrüßung.

»Macht doch nichts«, erwiderte Nicole und küsste sie. »Schön, dass du da bist.«

Nach einem kleinen Begrüßungschampagner, zu dem sich die meisten jetzt im Foyer versammelt hatten, sagte Nicole: »Geht doch schon mal runter zu den anderen und macht euch frisch, ich muss noch kurz was mit Antonia besprechen.«

Dann nahm sie die Store Managerin zur Seite und erinnerte sie daran, dass sie heute auf gar keinen Fall den Namen Paula Eastwood erwähnen dürfte, da ihr Mann Eric anwesend wäre.

»Ich weiß«, sagte Antonia, »das hat mir Sandy bereits gesteckt. Übrigens – ist Sandy denn schon da?«

»Ja. Die ist bereits seit einer halben Stunde unten aktiv.«

»Du kannst dir nicht vorstellen, wie sehr ich mich auf Sandy freue.«

Nicole lachte. »Das glaub ich dir gern. Komm, lass uns jetzt runtergehen.«

»Jetzt guckt euch die geile Sandy an«, sagte Marc, als er aus der Dusche kam und den Clubraum betrat.

Bruce und Simon lagen auf der großen roten Liebesinsel auf dem Rücken. Ihre Beine hatten sie wie zwei Scheren so ineinander verkeilt, dass ihre Eier aneinander lagen. Sandy hockte über ihnen und hatte beide Schwänze gleichzeitig im Mund. Silvio kniete hinter ihr und fickte sie in den Arsch.

Als sie Marc entdeckte, löste sie sich kurzzeitig von dem Schwanzduo und grinste ihn frech an. »Mr Nesmith sagte immer: Miss Summers, trainieren Sie Ihr Arschloch.«

Alles lachte.

Marc nahm an der Bar Platz und wollte sich erst mal einen Überblick verschaffen.

Es dauerte keine zwei Minuten und Emily setzte sich auf einen Hocker ihm gegenüber. Er sah sofort, dass sie frisch rasiert war. »Na, Liebster«, sagte sie. »Du hast mir für heute etwas ganz Besonderes versprochen.«

Fast wäre Marc sentimental geworden. Wie sie da so vor ihm saß mit ihrem halblangen schwarzen Haar, ihren warmen braunen Augen und der leicht gebogene Nase, wurden schöne Erinnerungen in ihm wach. Denn die Ficks mit Emily waren immer sehr intensiv und liebevoll gewesen.

»Ich weiß«, sagte er. »Und ich werde mein Versprechen halten. Hast du dir denn schon den zweiten Herrn ausgeguckt?«

»Noch nicht, aber ich halte die Augen auf.«

Nach und nach kamen die Herrschaften aus der Dusche. Einige trugen raffinierte Dessous, andere waren splitterfasernackt. Bestens gelaunt ließen sie sich auf den Couchen und Sesseln nieder.

Es war schon einige Wochen her, dass Emily hier gewesen war. Damals hatte sie dem Treiben der anderen nur interessiert zugeschaut, war aber nicht selbst aktiv geworden. Aber schon damals hatte sie davon geträumt, Marcs Schwanz in der Muschi zu haben und gleichzeitig am Glied eines zweiten Mannes herumzulutschen. Sie war fest entschlossen, sich ihren intimsten Wunsch heute zu erfüllen.

Randolph gesellte sich zu ihnen.

»Na, du Starastrologe«, sagte er zu Marc.

»Du übertreibst maßlos, Randolph.«

»Wieso? Du bist ein bekannter Mann, Marc, fast so bekannt wie meine verrückte Schwester ... ›Vanity Fair‹ hat eine Auflage von weit über eine Million Exemplare. Jeder kennt dich als den Astrologen.«

»Und die ›Sun‹ hat eine Auflage von über drei Millionen. Jeder kennt mich jetzt auch als Lover deiner Schwester.«

»Ja, das stimmt.« Randolph lachte. »Hast du mal ein Gläschen Champagner für mich?«

Während Marc ihm ein Glas einschenkte, nahm Randolph sich eins der köstlichen Kanapees. Nicole und Antonia kamen nun ebenfalls an die Bar. Arm in Arm und splitterfasernackt strahlten sie nichts als Lebenslust und gute Laune aus.

Als Emily Antonia sah, fiel sie fast vom Hocker. Es war das erste Mal, dass sie eine Frau mit Schwanz sah. Und was für ein Schwanz das war!

»Darf ich den mal anfassen?«, fragte sie.

»Nein, nur blasen«, sagte Antonia, die sich von Emilys grazilem Körper sofort angezogen fühlte.

Emilys Hände tasteten sich langsam über die samtige Oberfläche von Antonias Körpers. Beginnend bei den prallen Brüsten mit den dunkelbraunen Nippeln, glitten ihre Finger über den flachen Bauch hinunter zu dem allmählich anschwellenden Glied.

Diese Mischung aus Neugier und Geilheit, die sich in Emilys Blick zeigte, war nicht zu übersehen. *Ich glaube, die Besetzung für den Dreier steht,* dachte Marc.

Und so war es auch. Emily rutschte von ihrem Hocker, um Antonia einen zu blasen.

Nicole erkannte blitzartig, dass ihr die brasilianische Katze gerade ausgespannt worden war. Umgehend sucht sie nach Ersatz. Sie schnappte sich Randolph. »So, mein Kleiner, jetzt bist du fällig. Komm mit!«

Der adelige Beau machte große Augen, dann ließ er sich lachend von ihr am Schwanz durch die Arena ziehen. Augenblicke später lagen Nicole und Randolph auf der herzförmigen roten Liebesinsel, die gerade freigeworden war. Denn Sandy, Bruce, Simon und Silvio hatten die frivole Insel inzwischen geräumt und sich auf andere Grüppchen und Couchen verteilt.

»Hey, wir bekommen Besuch«, sagte Nicole plötzlich.

»Wir möchten euch nur etwas Gesellschaft leisten«, kam es frech aus Marcs Mund. »Die Liebesinsel ist schließlich groß genug.«

Während Emily über die weiche rote Fläche krabbelte, warf sie einen neugierigen Blick auf Randolph, der gerade zwischen Nicoles Beinen lag, um ihre Muschel auszuschlürfen. Dann legte sie sich auf den Rücken. Als Marc ihre Beine spreizte, schloss sie die Augen. Zwei Paar Hände begannen, sie nun nach allen Regeln der Kunst zu verwöhnen. Marc widmete sich den Innenseiten ihrer Schenkel, Antonia hockte sich über ihren Kopf und knetete ihre Brüste. Schauer der Lust durchzuckten sie.

Als Antonias Eier kurz über ihr Gesicht strichen, schnappte sie mit dem Mund danach und leckte sie. Ihre Nasenflügel blähten sich, als sie Marcs Zunge an ihrem Kitzler spürte.

Sie spürte die Hände jetzt überall, an ihrem Arsch, ihrem Kitzler, ihren Brüsten und ihrer Rosette. Sie genoss diese professionelle Fingerfertigkeit und war einfach nur geil. Ihr Kitzler war inzwischen so gereizt und ihre Muschi dermaßen nass, dass sie Marc förmlich anflehte: »Fick mich bitte, ich halt's nicht mehr aus.«

Sie stöhnte kurz auf, als Marc seinen prächtigen Ständer in ihre Fotze schob. Mein Gott, wie ist das geil. Ihr Mund schnappte nach Antonias Schwanz und lutschte ihn wie eine Wahnsinnige.

Marc bog Emilys Beine nach hinten und übergab eines an Antonia, damit sie es festhielt. Diese Position hatte den Vorteil, dass sich Emilys Anus genau auf der Höhe seines Schwanzes befand. Er zog seinen Schwanz aus ihrer nassen Spalte und drückte ihn stattdessen in ihren Anus. Emily entfuhr ein Schrei der Lust und des Unglaubens.

Marc fickte sie abwechselnd in Fotze und Arsch, was ihre Geilheit ins Unermessliche steigerte. Sie konnte kaum noch an sich halten und schrie ihre Lust laut hinaus.

Wie eine Besessene lutschte sie an Antonias Schwanz herum, und als diese sich schwallartig in ihrem Mund entlud, schluckte sie alles begierig hinunter.

Nun wollte sie selber erlöst werden. Marcs Schwanz glitt abwechselnd in ihre Muschi und in ihren Po. Sie empfand unendliche Lust dabei und wollte am liebsten, dass er gar nicht mehr aufhörte. Sie ergriff Antonias Hand und führte sie zu ihrem Kitzler, damit sie ihn reiben möge. Was sie auch tat. Emily stöhnte und keuchte vor Lust, dann fiel sie in regelrechte Ekstase. Ihr Kitzler war inzwischen dermaßen gereizt, dass es nur noch Sekunden dauern würde, bis sie explodierte.

Als sie kam, war Marcs Schwanz komplett in ihrem Arsch verschwunden. Ihr Arsch und ihre Möse zuckten, und sie schrie sich die Seele aus dem Leib.

Marc hatte nicht abgespritzt. Irgendwann entzog er sich ihr

und fiel lachend auf eine Emily, die jedes Zeitgefühl verloren hatte.

Selbst nachdem er abgespritzt und seine erste Lust befriedigt hatte, war Lord Randolph noch schier betäubt von Nicoles Schönheit und erregendem Duft. Er löste sich von ihr, küsste sie lachend auf die Stirn und schwebte dann wie ein Heliummolekül durch die Arena, um sich seine nächste Partnerin zu suchen. Als er den Bereich mit dem BDSMEquipment betrat, stieß er auf seine Schwester Gladys und Brittany.

Seine Schwester lag mit gespreizten Beinen auf einer BondageLiege und stöhnte. Sie hatte sich zwei kleine Vakuumzylinder auf die Nippel gesetzt und darüber noch zwei große Zylinder auf ihre schneeweißen Brüste. Sie ließ sich Nippel und Brüste gleichzeitig pumpen und empfand es offensichtlich als extrem geil. Zwischen ihren Beinen hockte Brittany und fistete sie. Lord Randolph sah den Frauen eine Weile höchst interessiert zu.

Als Lady Gladys ihren Bruder entdeckte, sagte sie: »Jetzt treibe ich es schon mit Frauen, weil sich kein Mann für mich interessiert.«

»Ach, Schatz, du bist eine dermaßen sonnige Überträgerin soziokultureller Pollen, dass ich mir sicher bin, dass es nur eine Frage der Zeit ist, bis dich hier auch der letzte Mann durchgevögelt hat.«

»Machst du den Anfang?«, fragte sie süffisant.

»Ich habe mich gerade erst an der Hausherrin ergötzt«, erwiderte Lord Randolph. »Gönn mir doch bitte eine kleine Pause.«

Plötzlich tauchte Marc auf.

Entzückt blickte die adelige Dame auf dessen halberigierten Schwanz. »Ah, meine Erlösung naht«, sagte sie.

Sie schaltete die Pumpen ab, Luft strömte in die Zylinder, und sie fielen von ihr ab. Gleichzeitig zog Brittany ihre Hand aus ihrer Fotze.

Lady Gladys schnellte herum, nahm den bewährten Doggystyle ein und bot Marc ihr prachtvolles Hinterteil dar.

Wenn Sandy schon den perfekten Arsch hatte, dann war der schneeweiße Hintern von Gladys einfach himmlisch, fand Marc. Zwei perfekt geformte, weißglänzende Kugeln, die sich geradezu danach sehnten, von seiner prallen Rute durchfurcht zu werden. Er hatte bewusst vermieden, bei Emily abzuspritzen. Den ersten Schuss wollte er sich für eine ganz besondere Frau aufheben.

Ein Blick auf den ganz besonderen Arsch dieser Frau genügte, um das Blut in seinen Schwanz schießen zu lassen. Er baute sich hinter Lady Gladys auf und drang sofort in sie ein.

Sie stöhnte auf.

Eine paar Stöße in ihre triefnasse Fotze reichten aus, um das Glamourgirl erneut in Fahrt zu bringen. Ihre Rosette öffnete sich wie von selbst.

Als Marc sich ihr kurzzeitig entzog, um seine geschwollene Eichel an ihrer Arschspalte entlang zu reiben, wusste sie, dass sie es nicht mehr lange aushalten würde. Sie drängte ihm ihren Arsch förmlich entgegen.

Marc spürte nur einen ganz leichten Widerstand, dann flutschte sein Schwanz genau dahin, wo sie ihn haben wollte.

Es war für beide ein herrliches Gefühl. Ihr Arschmuskel umschloss seinen Schaft feucht und eng, und Marc ahnte bereits, dass sie ihm einen WahnsinnsOrgasmus bescheren würde.

Schon nach kurzer Zeit konnte sich Lady Gladys nicht mehr beherrschen. Sie stöhnte und schrie und stimulierte dann mit heftigen Bewegungen ihre Klitoris, um sich weiter in Fahrt zu bringen.

Als sie kam, war es, als täte sich die Erde auf.

Marc konnte sich ebenfalls nicht länger zurückhalten. Er röhrte wie ein Hirsch, während er ihren Darm mit seinem heißen Sperma geradezu überflutete.

Nachdem er sie so richtig zugekleistert hatte, zog er sich erschöpft an die Bar zurück.

Aber für Lady Gladys war das Spiel noch lange nicht vorüber. Ehe sie sich versah, hatte Eric sie gepackt und mit seinen starken Armen in die Luft gehoben. Es sah aus, als wollte er eine Braut über eine imaginäre Schwelle tragen.

»Hey, was hast du mit mir vor?«, fragte sie mit gespieltem Entsetzen.

Eric setzte bloß ein verschmitztes Grinsen auf. Dann trug er sie zu einer Couch, auf der Antonia bereits mit stark erigiertem Schwanz auf ihr nächstes Opfer wartete.

»Da ist ja meine kleine Pussycat«, sagte die Transe und nahm das noble Geschenk, das Eric ihr präsentierte, dankbar entgegen.

Als Eric seine Braut auf Antonias Schoß platzierte, ahnte Lady Gladys, was die beiden mit ihr vorhatten. Sie ergriff Antonias Schwanz und drückte ihn vorsichtig gegen ihre Rosette. Diese gab sofort nach, und es dauerte nur Sekunden, bis die harte Latte vollständig in ihrem Arsch verschwunden war. Sie quiekte wie ein Ferkel und verfiel sofort in rhythmische Bewegungen. Dann ließ sie sich nach hinten fallen, bis ihr Rücken Halt an Antonias Brüsten fand, und zog die Beine an, um Eric ihr nasses Loch zu präsentieren.

Sie erschauderte, als ihr Blick auf Erics mächtigen Prügel fiel. Eine leichte Unruhe überkam sie, aber für ein Zurück war es längst zu spät. Seine riesige Eichel teilte ihre Schamlippen und drang kraftvoll in sie.

»Oh, ist das geil!«, stöhnte sie. Sie war noch nie zuvor im Sandwich gefickt worden, hatte es sich insgeheim aber immer gewünscht.

Während Eric sie mit kraftvollen Stößen in den siebten Himmel vögelte, knetete Antonia ihre Brüste und zwirbelte ihre Nippel, was ihr ebenso sehr einheizte wie das wollüstige Stöhnen und Schreien der anderen Clubmitglieder.

Auf der benachbarten Couch ging es ebenfalls recht lebhaft zu. Nicole lag tief zurückgelehnt im weichen Leder. Ihre

Beine hatte sie weit von sich gestreckt. Obwohl sie von Lord Randolph gerade erst gut durchgevögelt worden war, war sie ein wenig brummig. Aber die Ursache für ihren Unmut lag weniger bei Lord Randolph als bei ihren beiden taubstummen Bediensteten, den eineiigen Zwillingen Selma und Aline. Diese hatten sich nämlich in den Clubraum geschlichen, um dem Treiben der illustren Gesellschaft heimlich zuzuschauen. Vielleicht hatten sie insgeheim auch darauf gehofft, dass sich ein gut bestückter Herr fände, der sie wohlwollend beglücken würde. Jedenfalls mussten sie zur Strafe für ihren Ungehorsam nun die Füße von Madame lecken.

Das Bild, das die Zwillinge boten, war geradezu köstlich. Mit ihren weißen Schürzchen, ihren weißen BHs und den weißen Spitzenhäubchen wirkten sie überaus putzig. Sie knieten zu Füßen von Madame, hielten deren Beine hoch und leckten ihre Zehen.

Nicole lehnte sich derweil weit zurück. Sie schloss die Augen und genoss das kitzlige Spiel. Nach einer Weile verschränkte sie die Arme hinter ihrem Kopf. Die Zwillinge mussten nun zu ihr auf die Couch klettern und ihre Achselhöhlen auslecken, dann weiter hoch die Innenseiten ihrer Oberarme, bis Nicole es vor Erregung nicht mehr aushielt.

»Ich glaube, ich laufe aus«, stöhnte sie fast schon verzweifelt und spreizte ihre Beine.

Sofort waren weitere Mädchen zur Stelle. Sandy hockte sich zwischen Nicoles Beine, teilte ihre Schamlippen, um sie zunächst mit einem geschickten Zungenspiel zu verwöhnen und dann genüsslich auszuschlürfen.

Die überglückliche Emily wollte Sandy nun in nichts nachstehen. Spontan hockte sie sich neben Selma auf die Couch und machte sich über Nicoles Brüste her. Sie saugte so geschickt an einem Nippel, dass Nicole erschauderte und leise aufstöhnte.

Und damit das Bild von Symmetrie und Ästhetik auch gewahrt blieb, hockte sich Carmen schnell neben Aline auf die andere Seite. Sie tat es Emily gleich und saugte an Nicoles anderem Nippel.

Die Hausherrin verging vor Lust.

Und nun folgte der Rest der Mädchen. Claire und Brittany machten sich mit ihren Zungen über die Innenseiten von Nicoles Oberschenkel her. Die eine zur Linken, die andere zu Rechten.

Nur für Lady Gladys war kein Platz mehr. Sie hockte sich deshalb hinter Sandy und leckte deren Arschspalte.

Für die Männer war der Anblick dieses spontanen Frauen Flashmobs überaus erregend, sodass sich ihre Waffen schnell wieder auf äußerste Einsatzbereitschaft einstellten.

Da die Frauen nun mehr oder weniger alle die überaus vorteilhafte Doggyhaltung eingenommen hatten, konnten sich die Männer aussuchen, wen sie vögeln wollten. Und so schnappte sich jeder diejenige, die ihm gerade am nächsten war: Claude kniete sich hinter Claire, Silvio hinter Brittany, Bruce hinter Carmen und Simon hinter Lady Gladys.

Nur Emily ließ keinen weiteren Schwanz an sich ran. Sie fühlte sich ausreichend befriedigt, sodass sich Marc, Eric, Antonia und Lord Randolph zu Viert an die Bar setzten, um bei exquisitem Champagner und köstlichen Kanapees neue Kräfte zu tanken.

Es dauerte nicht lange und Nicoles LiebesArena hatte sich in einen einzigen stöhnenden, schwitzenden und schreienden Dampfkessel verwandelt.

***

»Ich wusste gar nicht, dass man einen Mann in eine dermaßen schöne Frau verwandeln kann«, sagte Emily mit ehrlicher Bewunderung. Sie saß mit geröteten Wangen in Nicoles Whirlpool und nippte an einem Glas Champagner.

»Danke für das Kompliment«, erwiderte die neben ihr sitzende Antonia. »Vielleicht liegt es daran, dass ich schon immer eine Frau war. Mir widerfuhr bloß das Unglück, in einem männlichen Körper geboren worden zu sein.«

»Ich glaube, man ist das, was man zu sein vorgibt. Ich glaube, wir sind hier, um uns täglich neu zu erfinden, um so viele Bewusstseinszustände auszuprobieren, wie wir können. Deshalb beneide ich Transsexuelle, die in ihrem Leben beides waren: Mann und Frau.«

»Du bist ja eine richtige kleine Philosophin.«

»Meinst du?« Emily lachte. Sie fuhr mit einer Hand unter Wasser und tastete nach Antonias Schwanz. »Du hast einen fantastischen Schwanz, Antonia. Darf ich ihn noch mal in den Mund nehmen?«

»Klar, dafür sind wir doch hier.«

Die Transe hangelte sich aus dem Wasser und setzte sich auf den Beckenrand. Emily rutschte zwischen Antonias Beine, nahm das Prachtstück eine Zeit lang bewundernd in die Hand, wichste es und lächelte es verträumt an, ehe sie ihre weichen Lippen über die glänzende Eichel stülpte.

»Mein Gott, ist dein Schwanz schön«, hauchte sie.

Und dann lutschte sie ihn zu voller Größe.

Die Stunden der Lust vergingen wie im Fluge. Die Clubmitglieder waren sich einig, dass Marcs »VögelBar« für jeden einzelnen eine große Bereicherung darstellte und dass niemand mehr freiwillig auf diese köstlichen Vergnügungen verzichten würde.

Alle gingen davon aus, dass die drei Neuzugänge – Emily, Antonia und Brittany – auch bei weiteren Treffen dabei sein würden. Nur bei Lady Gladys und Lord Randolph war man sich nicht sicher.

Nach dem Duschen – man hatte sich soeben auf einen Abschiedsdrink in Nicoles Wohnzimmer versammelt – kam die große Überraschung. Lord Randolph saß in einem großen Sessel und hob mit dunkler Stimme an zu sprechen. »Liebe Freunde, ich habe diese Stunden mit euch sehr genossen. Es wäre deshalb schade, wenn es nur bei diesem einen Mal bleiben würde. Ich weiß zwar nicht, wie Gladys darüber denkt, aber ihr würdet mir eine außerordentliche Freude bereiten, wenn ihr mich auch zu eurem nächsten Clubtreffen einladen würdet.«

Lady Gladys, die auf der Sessellehne zu seiner Linken saß, kraulte ihrem Bruder lächelnd den Nacken. »Ich schließe mich Randolphs Worten rückhaltlos an. Auch mir haben diese Stunden über die Maßen gefallen, und ich darf schon jetzt sagen, dass ich geradezu süchtig nach euch bin.«

Die Gesellschaft strahlte und applaudierte.

»Ich mache euch einen Vorschlag«, fuhr Lord Randolph fort. »Wir verfügen auf unserem bescheidenen Landsitz Tottenham Castle ebenfalls über einige außergewöhnliche Räumlichkeiten, die es möglicherweise mit der ›VögelBar‹ aufnehmen können und die wir euch gern einmal zeigen würden. Euer Einverständnis vorausgesetzt, könnte unser nächstes Clubtreffen auf Tottenham Castle stattfinden.«

»Wow!«, kam es aus einer Vielzahl von Kehlen.

»Das ist aber ein überaus verlockendes Angebot, Chérie«, sagte Nicole. »Ich finde, wir sollten darüber abstimmen.« Sie blickte in die Runde. »Also, wer ist dafür, dass wir uns nächsten Samstag auf Tottenham Castle treffen?«

Die Hände der Anwesenden schossen wie Raketen in die Luft.

Nicole lachte. »Da brauche ich gar nicht zu zählen. Wie ihr seht, ist das Ergebnis einstimmig.«

Eric meldete sich zu Wort. »Ich finde Randolphs Angebot einfach großartig. Leider muss ich mich nächsten Samstag ausklinken. Paula und ich sind eingeladen.«

»Das ist aber schade«, meinte Nicole.

»Das gleiche gilt für Simon und mich«, sagte Bruce. »Unser Boss gibt ’ne große Party. Da abzusagen, wäre geradezu lebensgefährlich.«

»Verstehe. Da müsst ihr hin. Aber dann wird’s ja fast eine reine Frauenrunde.«

»Sollen wir verschieben?«, fragte Lord Randolph.

»Nein«, sagte Nicole entschlossen und lachte. »Wir Frauen sind mitunter ganz schön einfallsreich.«

***

Paula versuchte den ganzen Sonntag über verzweifelt, Sandy zu erreichen, aber ihre Freundin blieb unerreichbar. Sie hatte vergessen, dass für Sandy das Großereignis der dritten Londoner »Schmucknacht« anstand und dass dafür noch jede Menge Schmuck anzufertigen war. Sandy wollte einfach ungestört arbeiten und hatte ihr Handy kurzerhand ausgestellt. Aber im Laufe des Montagvormittags schaltete sie es wieder ein.

Paula lag gerade, nur mit einem Bikinihöschen bekleidet, im Garten und sonnte sich, als sie einen weiteren Versuch unternahm. Diesmal hatte sie Glück.

»Mein Gott, und ich dachte schon, dir sei was zugestoßen«, sagte sie, als sie die vertraute Stimme ihrer Freundin hörte.

»Keine Sorge, Liebes, ich stehe nur unheimlich unter Zeitdruck – wegen der Schmucknacht, du weißt schon.«

»Ja, ich weiß. Wie war denn euer Clubtreffen am Samstag?«

»Hm, wie immer. Jeder kam auf seine Kosten.«

»Schön. Und Antonia war auch da?«

»Ja.«

»Ich möchte nur zu gern wissen, warum Antonia dabei sein durfte und ich nicht.«

»Wieso?«, fragte Sandy erstaunt. »Du hast doch auch mal an einem Clubnachmittag teilgenommen. Hast du das vergessen?«

»Natürlich nicht. Aber ich darf kein Mitglied werden.«

»Niemand hat behauptet, dass du kein Mitglied werden dürftest. Aber es geht bei uns halt nicht so schnell mit der Aufnahme neuer Mitglieder.«

»Und Antonia?«

»Antonia ist ebenfalls kein Mitglied«, log Sandy.

»Na ja, zumindest haben wir jetzt einen Anspruch auf unsere Belohnung«, seufzte Paula. »Ich will nur hoffen, dass sie ihr

Versprechen auch hält.«

»Ach ja, richtig«, fiel es Sandy wieder ein, »unsere Prada-Sachen ... Natürlich wird sie ihr Versprechen halten. Andernfalls gäbe es ja keinen zweiten Clubnachmittag für sie ... Aber gut, dass du mich noch mal daran erinnerst. Was hältst du davon, wenn wir unsere Belohnung heute noch abholen?«

»Sehr gute Idee.«

Sandy sah auf die Uhr. »Ich muss aber vorher noch in den Baumarkt. Sagen wir um vierzehn Uhr?«

»Super. Wir können danach ja noch 'ne Kleinigkeit essen.«

»Ja, das machen wir.«

»Und sonst alles okay bei dir?«

»Ich kann nicht klagen. Wenn nur nicht der ganze Stress mit den Vorbereitungen zur Schmucknacht wäre. Und bei dir?«

Paula seufzte. »Wenn du's genau wissen willst: Ich bräuchte mal wieder jemanden, der mir ordentlich das Hirn rausvögelt.«

»Versteh ich nicht. Du hast doch einen ziemlich gut bestückten Ehemann.«

»Eric hat gestern nur im Bett gelegen. Er war dermaßen kaputt, dass mir schon der Verdacht kam, er könnte vielleicht eine Freundin haben.«

»Ach, da würde ich mir mal keine Sorgen machen, Liebes. Eric gehört halt zu den Männern, die sehr hart arbeiten. Und hart arbeitende Männer brauchen ihre Erholungspausen. Gönn ihm doch einen Sonntag im Bett.«

»Na ja, er kam Samstagnacht sehr spät nach Hause.«

»Hat er dir gesagt, wo er war?«

»Ja, bei einem sehr betuchten Mandanten in Kensington. Der Typ rief ihn am Samstag an. Eric musste sofort los ...«

»Schatz, du weißt doch, wie diese reichen Säcke sind. Die verlangen, dass man rund um die Uhr nur für sie da ist. Aber dafür verdient Eric auch einen Haufen Kohle – das darfst du nicht vergessen.«

»Ja, ich weiß. Ich will mich auch nicht beklagen. Das ändert aber nichts daran, dass ich's heute noch ganz schmutzig brauche.«

Sandy lachte. »Vielleicht kann ich was für dich tun.«

Paula horchte auf. »Hast du jemanden für mich?«

»Nun ja, in unserem Club ist es üblich, dass man sich auch mal unter der Woche trifft. Schließlich soll niemand lange auf dem Trocknen sitzen bleiben. Es gibt da immer irgendeinen Mann, der es einem im richtigen Augenblick besorgen kann. Ich kann ja mal meine Telefonliste durchgehen.«

»Das wäre super von dir. Am liebsten hätte ich Claude und Silvio ...«

»Beide gleichzeitig?«

»Warum nicht? Ich habe sie in bester Erinnerung.«

Die geile Nacht, die sie mit den beiden Männern in einem Fünf-Sterne-Hotel verbracht hatte, war noch gar nicht so lange her. Die Männer hatten sich so richtig an ihr ausgetobt, und sie hatte es über die Maßen genossen.

Aber Claude Lebecq war Flugkapitän und Silvio Stanga Inhaber eines Nobelrestaurants. Ziemlich unwahrscheinlich, dass sie auf Abruf bereitstanden.

»Wie wär's mit Bruce Weingart oder Simon Sarsfield?«, fragte Sandy.

»Du weißt doch, dass sie Anwaltskollegen von Eric sind.«

»Was ist mit Marc?«

»Auf den hab ich ehrlich gesagt keinen Bock.«

»Warum?«

»Ach, das erzähle ich dir ein andermal.«

»Tja, dann bleibt nur noch Antonia, die Transe.«

Paula schmunzelte. »Ja, mit der habe ich die besten Erfahrungen gemacht.«

»Nicht nur du.«

***

Um vierzehn Uhr trafen sie sich vor der Prada Boutique. Sandy war wie immer höchst lässig in Jeans, T-Shirt und Reeboks gekleidet, Paula hatte sich etwas aufgetakelt. Sie trug ein freizügiges Sommerkleidchen, hohe Schuhe und einen grellroten Lippenstift. Sandy sah auf den ersten Blick, dass es ihre Freundin ganz dringend brauchte. Gemeinsam betraten sie die Boutique und fragten nach Antonia.

»Gedulden Sie sich bitte noch einen Augenblick«, sagte die Verkäuferin. »Miss Sanchez hat gerade Besuch.«

»Kein Problem, wir sehen uns schon mal ein bisschen um.«

Sandy steuerte sofort den Bereich mit den Schuhen an, und Paula hielt Ausschau nach ihrer Tasche. Sie hatte sich bereits auf der Prada Homepage kundig gemacht und wusste genau, welche Tasche es sein musste.

Im Hintergrund öffnete sich eine Tür. Hastige Trippelschritte waren zu hören. Und dann stand sie plötzlich vor ihnen ...

Emily! Ihre Haare waren zerzaust, und aus ihrem Kleid hing das Etikett.

Die Frauen sahen sich einen Moment lang völlig entgeistert an.

»Was machst du denn hier?«, fragte Emily.

Fast hätte Sandy geantwortet: *Das gleiche wie du.* Aber dann musste sie grinsen. »Paula und ich wollten uns mal die neue Herbstkollektion ansehen. Einfach fantastisch, was einem hier geboten wird. Man weiß gar nicht, was man nehmen soll.«

»Stimmt, ich konnte mich auch nicht entscheiden«, sagte Emily nervös. »Ich habe gerade mehrere Sachen anprobiert, aber die Auswahl ist einfach zu groß.« Sie gab Sandy einen flüchtigen Begrüßungskuss. Dann reichte sie Paula, die sie bisher nur einmal gesehen hatte, die Hand.

Sandy konnte nicht verstehen, warum Emily plötzlich so prüde tat. Glaubte sie wirklich, irgendjemand würde ihr abkaufen, dass sie aus einer Umkleidekabine kam? Es lag doch auf der Hand, dass sie es sich gerade von Antonia hatte besorgen lassen ... Na ja, für Emily machte es wohl einen Unterschied, ob man sich im Club der guten Freunde traf oder an einem neutralen Ort wie einer Boutique. In ersterem konnte man sich ungezwungen geben, in letzterer musste man selbst eine alte Freundin anlügen.

»Ich hab's leider etwas eilig«, sagte Emily dann etwas gereizt. »Wir telefonieren, ja? Bye.«

»Bye.«

Emily war noch keine Sekunde draußen, als Paula auch schon ablästerte: »Wie's aussieht, sind wir nicht die einzigen, die von Antonias Vielseitigkeit beeindruckt sind.«

»So, meine Damen, Miss Sanchez ist wieder frei«, sagte die Verkäuferin. »Folgen Sie mir bitte.«

Antonia saß hinter ihrem Schreibtisch und studierte die Akten.

»Hallo, meine Süßen. Das ist aber eine Überraschung«, sagte die Store Managerin und erhob sich aus ihrem Sessel. Sie trug eine modische Brille und ein überaus edles Kostüm. Ihr welliges Haar glänzte rabenschwarz.

»Wir wollten nicht groß stören, sondern nur unsere Belohnung abholen«, sagte Sandy.

Antonia wusste sofort, wovon die Rede war. »Die Belohnung habt ihr euch redlich verdient. Ich muss sagen, dass ich mit dem Samstag bei Nicole sehr zufrieden war.«

»Das freut uns sehr.«

»Habt ihr euch denn schon etwas ausgesucht?«

»Eine Tasche«, sagte Paula schnell.

»Schuhe«, fügte Sandy hinzu. »Ich muss sie allerdings erst noch anprobieren.«

»Kein Problem«, meinte Antonia. »Nimm dir alle Zeit der Welt. Ich möchte nur zufriedene Kunden.«

Paula warf Sandy einen eindeutigen Blick zu.

Diese verstand sofort. »Gut, dann mache ich mich jetzt mal an die Anprobe.«

Und schon hatte sie das Büro wieder verlassen.

Paula brauchte Antonia nur anzuschauen, um Herzrasen

zu bekommen. All die geilen Erlebnisse standen ihr wieder lebhaft vor Augen. Es bedurfte keiner Worte, um zu erkennen, wie ihr gerade zumute war.

Antonia kam langsam hinter ihrem Schreibtisch hervor und lächelte. »Leider warst du am Samstag nicht dabei, Kleines. Wie wär's mit einer kleinen Entschädigung?«

Paula lächelte verschämt zurück. Ihr war nicht nach Reden.

»Ich halt's nicht mehr aus, Antonia. Bitte tu was dagegen.«

Antonia streifte sich ihre Schuhe ab, weil sie ohnehin einen ganzen Kopf größer war als dieses zerbrechliche kleine Ding. Dann ging sie langsam auf Paula zu, ergriff sie am Arm und sah sie mit ihren geheimnisvollen dunklen Augen an.

Paula schloss vor Furcht und Geilheit die Augen. Das Pochen in ihrer Muschi wurde stärker, und sie hatte das Gefühl, dass sie nässte.

»Fick mich jetzt«, hauchte sie mit letzter Kraft.

***

Eric hatte einen anstrengenden Tag bei Gericht gehabt. Er stand gerade zu Hause vor dem Kühlschrank, um sich ein eiskaltes Bier herauszuholen, als sein Handy piepte.

Eine SMS von Ivana.

Gebannt starrte er auf das Display. ›Bitte um Erlaubnis, die Kamera entfernen zu dürfen. Bin mir sicher, dass wir haben, was wir brauchen. LG Ivana.‹

Er öffnete die Bierflasche, trank einen Schluck und sah nachdenklich aus dem Fenster. Es wäre klug, sich auf die Intuition dieser Frau zu verlassen, flüsterte ihm eine innere Stimme zu. Er stellte die Flasche auf dem Küchentisch ab und tippte die Antwort. ›Okay, aber sei bitte vorsichtig.‹

Was sie so schnell wie möglich brauchten, waren knallharte Beweise: Ton und Bildmaterial, welches zweifelsfrei bewies, dass Viktor Burjakin seine minderjährige Tochter fickte. Da Paula noch nicht zu Hause war, war die Gelegenheit günstig, um die Sache mit Marc zu besprechen. Er wählte Marcs Handynummer.

Marc ging erst nach dem dritten Klingeln dran. »Hallo?«

»Hi Marc. Eric hier. Ich habe gerade eine SMS von Ivana bekommen. Sie würde die Mikrokamera heute gern entfernen.«

»Okay.«

»Ich habe ihr zurückgeschrieben, dass sie das tun kann. Sie soll aber vorsichtig sein.«

»Okay.«

»Was ist? Du hörst dich so komisch an. Kannst du nicht sprechen?«

»Im Moment ist schlecht.«

»Gut. Dann ruf mich zurück, wenn du wieder sprechen kannst. Bye.«

»Bye.«

Marc schaltete sein Handy aus und widmete sich wieder dem kleinen süßen Hasen, der neben ihm lag.

»Wer war das?«, fragte Paula. Ihre Augen glänzten vor Glück, weil Marc sie gerade so richtig gut durchgenommen hatte.

»Meine Sekretärin«, erwiderte Marc.

»Ah, deine Sekretärin.«

Paula hatte sich zwar vor einigen Stunden von Antonia in deren Büro ficken lassen, aber selbst diese hatte ihre Geilheit nicht vollständig befriedigen können. Sie hatte sich zwar geschworen, nie wieder mit Marc zu ficken, weil der sie zuletzt wie den letzten Dreck behandelt hatte. Aber was sollte sie machen? Die Anziehung, die er auf sie ausübte, war stark. Sie hatte wirklich mit sich gekämpft, war aber schließlich doch vor ihrer Lust eingeknickt. Sie hatte ihn angerufen und ihm demütig ins Ohr geflüstert, was er zu hören wünschte: »Marc, bitte fick mich.«

Marc hatte sie für siebzehn Uhr zu sich nach Hause zitiert und gleich bei ihrem Eintreffen gesehen, dass sie ein Notfall war. Die ersten Stöße verpasste er ihr bereits unter der Dusche.

Und als sie sich dann splitternackt und überaus reizvoll auf seiner Wohnzimmercouch drapierte, wurde er so richtig geil. Von allen Frauen, die er kannte, war Paula zwar die Hochmütigste und Eingebildetste, aber sie war auch über die Maßen schön und mit einer unersättlichen sexuellen Begierde gesegnet.

»Hab bitte kein Mitleid mit meinem Arsch«, hatte sie gesagt, nachdem sein harter Prügel den ersten Widerstand genommen hatte. Er hatte sie abwechselnd in Fotze und Arsch gefickt, und sie war tierisch abgegangen.

Nun lag sie glücklich neben ihm in seinem großen Bett, kuschelte sich eng an ihn und schnurrte wie ein kleines Kätzchen.

»Musst du nicht nach Hause?«, fragte Marc irgendwann.

Sie seufzte. »Ja, muss ich. Aber bei dir ist es viel schöner.«

***

Am Dienstagmorgen lieferte Ivana die Mikrokamera samt Rekorder in Erics Anwaltspraxis ab. Eric war viel zu neugierig und ungeduldig, um abzuwarten, bis ein weiteres Geheimtreffen in Nicoles Villa anberaumt worden war. Das notwendige Equipment, um die Daten auf seinen Rechner zu ziehen, hatte er hier in seinem Büro, sodass er das Material sofort auswerten konnte.

Er sagte seiner Sekretärin, dass er in den nächsten sechzig Minuten nicht gestört werden wollte. Er untersagte ihr sogar, wichtige Anrufe durchzustellen.

Die schalldichten lederbeschlagenen Türen schlossen sich.

»Du hast viel riskiert, mein Schatz«, sagte Eric, während er hinter seinem edlen Advokatenschreibtisch Platz nahm und die Datenübertragung vorbereitete. »Sei versichert, dass du dafür eine schöne Belohnung erhalten wirst.«

Ivana sagte nichts, aber ihr Herz schlug bis zum Hals.

»Setz dich!«, sagte Eric. »Es macht mich ganz verrückt, wenn du stehst.«

»Ich kann mich nicht hinsetzen«, stieß Ivana aus. »Ich bin viel zu aufgeregt.«

Eric konzentrierte sich und begann mit der Überspielung der Daten in seinen Rechner.

Der Mikrorekorder verfügte über einen Sensor, der die Kamera und das Mikrofon erst dann aktivierte, wenn er akustische

Signale erhielt. Das hieß, dass das System auch dann gearbeitet hatte, wenn zum Beispiel die Putzfrau etwas zu geräuschvoll mit ihrem Putzeimer umgegangen war. Aber bei einem Speicherplatz von insgesamt zehn Stunden war die Wahrscheinlichkeit, dass sie jetzt brisantes Material finden würden, ziemlich hoch.

Als Eric die technischen Daten einlas, sah er zu seinem Schrecken, dass der verfügbare Speicherplatz nur zu etwa fünfunddreißig Prozent genutzt worden war. Das hieß, dass ihnen nicht mehr als dreieinhalb Stunden Filmmaterial zur Verfügung standen. Das war nicht gerade viel. Hoffentlich reichte es.

Die Abspielung begann. Die Bilder waren gestochen scharf. In Kittys Zimmer herrschte Tageslicht.

Eric bog den 22-ZollBildschirm etwas zur Seite. »Kannst du gut sehen?«

»Ja, ausgezeichnet.«

Kitty Burjakina trug Hotpants. Mit dem Handy am Ohr ging sie in ihrem Zimmer auf und ab. Sie sprach Englisch – allem Anschein nach mit einer Freundin.

Eric erhöhte die Geschwindigkeit um den Faktor Vier. Kitty telefonierte noch immer. Mein Gott, was konnte diese kleine Lolita lange quatschen ... Er erhöhte um den Faktor Acht. Kitty hörte gar nicht mehr auf zu telefonieren ... Neue Szenen folgten, aber die waren ebenfalls belanglos ... Er suchte Burjakin. Alles andere war unwichtig. Die Bilder rasten im Zeitraffer an ihnen vorbei. Tag und Nachtszenen wechselten einander ab.

Fast sechzig Filmminuten waren jetzt vergangen, für die sie knapp fünf Minuten in Echtzeit benötigt hatten, ohne dass etwas Nennenswertes passiert war. Es war anstrengend, diesen rasenden Bildern zuzusehen.

»Da ist er!«, rief Ivana plötzlich aus.

Eric drückte blitzschnell die Stopptaste. Dann spulte er bis zu dem Augenblick zurück, wo Viktor Burjakin das Zimmer seiner Tochter betrat. Er sagte etwas auf Russisch.

»Du musst übersetzen«, bat Eric.

»›Mein kleines Täubchen, kannst du denn gar nicht genug kriegen?‹«

»Weiter. Was sagt sie?«

»›Ach, Papuschka - Väterchen ...‹«

Ivana übersetzte all diese Belanglosigkeiten simultan.

Endlich tat sich was: Kitty gab ihrem Vater kichernd einen Schubs auf die Brust, sodass er hintenüber auf ihr Bett fiel. Dann öffnete sie seinen Hosenstall, holte sein halberigiertes Glied hervor und blies ihm einen, bis er ächzte und stöhnte. Dann zog sie sich aus. Sie hatte sehr kleine Brüste und eine Topfigur.

Eric und Ivana fühlten sich wie richtige Spanner. Sie hatten einen Fick in Kittys Bett erwartet. Doch es kam anders.

Als Burjakin und seine Tochter vollkommen nackt waren, schnappte Kitty sich eine Tube Gleitgel von einem Sideboard und legte sich damit tief in einen gepolsterten Sessel. Sie schob ihr Becken so weit es ging nach vorn und zog dann ihre Beine an. Nun öffnete sie die Tube und schmierte ihre Rosette großzügig mit Gleitgel ein. Auf diese Weise präsentierte sie ihrem Vater beide Löcher, sodass er sich aussuchen konnte, wie er sie nehmen wollte.

Die Kamera war geradezu perfekt ausgerichtet. Eric und Ivana sahen jedes Detail.

Der alte Burjakin fickte seine Tochter abwechselnd in Fotze und Arsch und kam ziemlich schnell, ohne dass es zu einem Stellungswechsel gekommen war.

Eric drückte die Stopptaste.

»Puh, jetzt ist mir aber heiß«, sagte er.

»Meinst du, mir nicht?«

»Dann lass es uns jetzt hier machen, damit ich wieder einen klaren Kopf kriege.«

Ivana willigte sofort ein. Sie zog sich Schuhe, Jeans und Slip aus und setzte sich auf Erics Schreibtisch. Er nahm sie an Ort und Stelle. Sie schrie, als sie kam, aber die dicken Doppeltüren hielten jedes Geräusch ab.

Der Quickie hatte ihnen gutgetan.

Beim Ankleiden fragte Ivana: »Und? Was hast du jetzt vor?«

»Ich werde die wichtigsten Sequenzen in eine gesonderte Datei kopieren. Von dieser Datei mache ich dann sicherheitshalber mehrere Kopien. Eine Kopie ziehe ich auf einen Speicherstick, und der geht – versehen mit einem kleinen Anschreiben – heute noch per Eilzustellung an Viktor Burjakin persönlich.«

»Und dann?«

»Dann wird sich unser Freund in sein Arbeitszimmer zurückziehen und sich die kleine Filmsequenz ansehen.«

»Und dann?«

»Dann wird er eine Weile nachdenken und zu dem Schluss kommen, dass es wohl am besten wäre, die Handynummer anzuwählen, die ich ihm in meinem Anschreiben nennen werde.«

»Du willst ihm deine Handynummer geben?«

»Wo denkst du hin? Selbstverständlich ist es ein Handy mit einer nicht registrierten Nummer. Ich habe es mir von denselben Leuten besorgt, die mir auch das SpionageSet zur Verfügung gestellt haben.«

Ivana staunte nicht schlecht. »Solche Leute kennst du also.«

»Ich bin Anwalt, Schatz.«

Dann geleitete er Ivana hinaus.

Als er zurückkehrte, begegnete ihm auf dem Flur Mister Abercrombie – ein vornehmer alter Herr mit silbernem Haar und scharfer Adlernase. Er war der Boss dieser renommierten Kanzlei.

»Ah, Eric, gut dass ich Sie sehe. Leider muss ich unsere für kommenden Samstag angesetzte Party wieder absagen. Elisabeth hat sich eine schlimme Sommergrippe eingefangen. Wir holen die Sache aber so schnell wie möglich nach.«

»Oh, das tut mir aufrichtig leid, Mr Abercrombie. Richten

Sie Ihrer Gattin bitte meine Genesungswünsche aus.«

»Werde ich tun, Eric.«

Eric setzte ein betretenes Gesicht auf, aber innerlich jubelte er. Also konnten Bruce, Simon und er doch noch an dem Wochenende auf Lord Randolphs Schloss teilnehmen. Offen war bloß, wie er das alles Paula beibringen sollte.

***

Viktor Burjakin erhielt das kompromittierende Material per Eilboten noch im Laufe des Dienstagnachmittags. Er reagierte schnell und relativ gelassen. Ihm war vollkommen klar, dass derjenige, dem es gelungen war, ihn und Kitty beim Sex zu filmen, auch clever genug wäre, sich darüber hinaus abzusichern. Jede Form von Trickserei wäre nicht nur unklug, sondern auch gefährlich.

Er hatte die in dem Schreiben genannte Handynummer angerufen und sofort gespürt, wie ernst es diesem geheimnisvollen Mister Smith mit dem Filmmaterial war. Man einigte sich auf eine persönliche Begegnung am morgigen Mittwoch um fünfzehn Uhr. Als Treffpunkt waren die Volieren im Hyde Park ausgemacht.

***

Nachdem sie sich fast respektvoll begrüßt hatten, schlenderten sie in eine Richtung, in der es so gut wie keine Spaziergänger gab. Burjakins Bodyguards folgten ihnen in gebührendem Abstand.

»Es ist jetzt Punkt fünfzehn Uhr, Mr Burjakin«, sagte Eric. »Für den Fall, dass Ihre beiden Schatten auf die Idee kommen sollten, mich in irgendeiner Form zu belästigen, gebe ich Ihnen einen kleinen Tipp: Sollte ich um Punkt sechzehn Uhr nicht wieder zurück sein, gehen zwei Minuten später zehn Kopien des Materials an alle großen Zeitungsredaktionen und Fernsehgesellschaften.«

»Verstehe, Mr Smith.« Burjakin sprach mit ruhiger und leidenschaftsloser Stimme. Er drehte sich kurz um und wies seine

Leibwächter mit einer knappen Kopfbewegung zur Umkehr an. »Ich denke, wir werden uns einigen. Mit Sicherheit gibt es da etwas, was ich für Sie tun kann, damit diese unschöne Sache zwischen uns ausgeräumt wird.«

»Lord Randolph hat sehr unter dieser Erpressung gelitten«, fuhr Eric fort. »Sie sollten sich um eine schnelle Wiedergutmachung bemühen.«

»Was fordert er?«

Eric blieb kurz stehen und blickte Burjakin mit funkelnden Augen an. »Ihre Tochter.«

Burjakin verlor etwas an Gesichtsfarbe. »Wie meinen Sie das?«, fragte er barsch.

»Sie leihen ihm Ihre Tochter für ein Wochenende aus.«

»Für was?«

»Für das, was Ihre Tochter am besten kann: Ficken.«

»Und dann?«

»Danach erhalten Sie Kitty wohlbehalten wieder zurück.«

»Sie sind ja verrückt.«

»Wie Sie meinen, Mr Burjakin.«

Eric wandte sich von ihm ab und wollte gerade zu seinem Fahrzeug zurückgehen, als ihm Burjakin hinterher rief. »Halt, warten Sie, Mr Smith. Die Sache geht selbstverständlich in Ordnung.«

»Sehr vernünftig von Ihnen.«

»An welches Wochenende dachten Sie?«

»An dieses.«

***

Je näher der Samstag heranrückte, desto unruhiger wurde Emily. In ihrem Kopf hatte sie dieses Bild schon länger, bloß an der Umsetzung hatte es bislang gehapert. In der »VögelBar« hatte sie zum ersten Mal gesehen, wie Frauen im Sandwich gefickt worden waren. Sie hatte ihre Erregung gespürt, ihre unendliche Lust, und sie war Augen- und Ohrenzeuge ihrer gewaltigen Orgasmen geworden. Nun wollte sie das selbst mal erleben. Sie wollte unbedingt wissen, wie es sich anfühlte, wenn man von zwei kräftigen Schwänzen in beide Lustlöcher gefickt wurde und ob sie dabei ebenfalls den Himalaja der Ekstase erreichen würde.

Ihr Entschluss stand fest: Sie würde es tun. Definitiv. Noch an diesem Samstag. Und die beiden Männer würden Marc und Antonia sein. Dass Antonia zur Hälfte Frau war, machte ihren Entschluss um einiges leichter.

***

Eric hatte sich mit einem triumphierenden Lächeln von Burjakin verabschiedet. Kaum saß er wieder in seinem Wagen, als er auch schon Marc informierte.

»Zwei gute Nachrichten habe ich für dich«, sagte er.

»Und?«

»Die Party bei meinem Chef fällt aus. Bruce, Simon und ich werden also mit nach Tottenham Castle fahren.«

»Hey, super ... Und die zweite gute Nachricht?«

»Die Sache mit Burjakin ist geklärt.«

Marc stutzte. »Was heißt das?«

Eric erklärte es ihm und entschuldigte sich gleichzeitig für seine Heimlichtuerei.

»Wahnsinn! Gratuliere!«, entfuhr es Marc. »Dann haben wir uns ja alle eine schöne Belohnung verdient.«

»Du sagst es.«

»Und was kann ich jetzt noch tun?«

»Du könntest Randolph anrufen und ihm von seinem Glück berichten.«

»Ja, werde ich machen.«

»Und noch was. Du kannst Randolph sagen, dass wir ihm am Samstag ein schönes Gastgeschenk mitbringen.«

»Wie es sich für gute Freunde gehört. Darf ich erfahren was?«

»Kitty Burjakina.«

***

Als Eric an diesem Mittwochabend nach Hause kam, traf er seine Frau in der Küche an. Sie bereitete gerade das Abendessen zu. Er warf sein Jackett über einen Stuhl und gab ihr einen Begrüßungskuss.

»Paula, es ist was Schlimmes passiert.«

»Was denn?«, fragte sie erschrocken.

»Du hast dich doch so sehr auf die Party bei den Abercrombies gefreut.«

»Und wie!«

»Misses Abercrombie ist krank geworden. Es hat sie wohl ziemlich schwer erwischt.«

»Die Party fällt aus?«

»Mister Abercrombie ist untröstlich. Er sagte, dass wir die Party so schnell wie möglich nachholen.«

»Das ist wirklich schade. Aber da kann man nichts machen. Dann unternehmen wir halt etwas zu zweit.«

Eric presste verschämt die Lippen aufeinander. »Es kommt noch schlimmer, Paula.«

»Ja?«

»Mister Abercrombie bearbeitet gerade den hochkomplexen Fall eines äußerst schwierigen Mandanten. Maxwell Fitch.«

»Der Medientycoon?«

»Ja. Das ist ein Mandat, wie man es höchstens einmal im Jahr an Land zieht. Da darf wirklich nichts schief gehen.«

Paula machte große Augen.

»Mister Abercrombie läuft die Zeit davon«, fuhr Eric fort. »Deshalb fragte er mich, ob ich vielleicht bereit wäre, mich an diesem Wochenende mit Mister Fitch zu treffen und mich gegebenenfalls zwei Tage lang einzuschließen, um den Fall noch mal sorgfältig mit ihm durchzusprechen.«

»Aber das ist wichtig, Eric. Da kannst du nicht kneifen. Ich bin dir bestimmt nicht böse, wenn du dich an diesem Wochenende um diesen Goldfisch kümmerst.«

»Wirklich nicht?«

»Nein, wirklich nicht.«

»Paula, du bist ein Schatz.«

***

An den beiden folgenden Tagen herrschte zwischen den Freunden ein reger Telefonverkehr. Einigen war erst jetzt bewusst geworden, was es hieß, zu einer VögelParty des Hochadels eingeladen worden zu sein. Dass Eric, Bruce und Simon jetzt doch dabei sein würden, fanden alle klasse, aber dafür wurde Claude jetzt zum Wackelkandidaten. Er hatte einen Anruf von seiner Fluggesellschaft erhalten. Man hatte ihm mitgeteilt, dass er sich für das kommende Wochenende bereithalten sollte. Möglicherweise würde er nach Sizilien fliegen müssen. »Wir drücken dir die Daumen, dass sie noch rechtzeitig einen anderen Kapitän finden«, sprachen ihm seine Freunde Trost zu.

Am Freitagmorgen erhielt Nicole einen Anruf von Lord Randolph. Sie hatte mit allem gerechnet, bloß nicht mit diesem Anliegen.

»Nicole, ich habe eine Bitte wegen Samstag«, begann er.

»Ja?«

»Wie du dir denken kannst, sah ich mich gezwungen, dem Personal am kommenden Wochenende freizugeben.«

»Das liegt auf der Hand, Randolph. Man weiß heutzutage ja nie, ob jemand dichthält.«

»Eben.«

»Unsere Freunde müssen aber etwas Gescheites zu essen kriegen. Wir brauchen professionelles Personal für die Küche. Würde es dir etwas ausmachen, wenn deine taubstummen Zwillinge für uns kochen würden?«

»Ganz und gar nicht. Im Gegenteil. Das ist sogar eine ziemlich gute Idee, Randolph. Dann können sie hier wenigstens keine Dummheiten machen. Gern bringe ich Selma und Aline morgen mit.«

»Super. Dann darf ich dir ganz herzlich danken und sage mal: Bis morgen.«

»Ja, bis morgen, Chérie ... Ach, Randolph, noch was ... Um wie viel Uhr geht's denn los?«

»Von London bis zu uns ist es ein ganz schönes Stück. Ihr solltet euch aber keinen unnötigen Stress machen. Ich denke, wenn ihr im Laufe des Nachmittags eintrefft, ist das völlig okay.«

***

Endlich war Samstag. London lag im verheißungsvollen Glanz der Morgensonne, und auch der Wetterbericht verhieß für die nächsten Tage nur Gutes. Nachdem feststand, wer alles mit dabei sein würde, hatten sich die Freunde gestern auf insgesamt vier Fahrgemeinschaften geeinigt, die gegen Mittag von vier verschiedenen Stellen innerhalb des Großraums London losfahren würden.

Und so kam es auch.

Marc fuhr mit seinem eigenen Wagen. Antonia saß auf dem Beifahrersitz, Sandy und Emily auf den Rücksitzen.

Bei Nicole fuhren Silvio, Selma und Aline mit.

Und in Simons Wagen saßen Brittany, Claire und Carmen.

Erics Wagen war groß genug, um bequem eine fünfte Person mitzunehmen. Bruce saß auf dem Beifahrersitz, Ivana und Loreen auf den Rücksitzen. Die Frauen hatten Kitty Burjakina in ihre Mitte genommen und wunderten sich etwas, weil die kleine Lolita keinerlei Zicken machte – im Gegenteil: Sie war eine witzige Unterhalterin und sah dem Clubwochenende offensichtlich mit großer Vorfreude entgegen.

Sie waren also zu siebzehnt.

Nicht dabei waren Lady Gladys, weil sie sich bereits gestern nach Tottenham Castle begeben hatte, und Claude, der an diesem Wochenende tatsächlich arbeiten musste.

Inga war ebenfalls nicht dabei. Sie hatte sich auch durch Nicoles gutes Zureden nicht umstimmen lassen. Zu groß war der Groll, den sie gegenüber Marc hegte.

Auf den Straßen herrschte reger Verkehr. Viele Londoner nutzten das herrliche Sommerwetter für einen Trip ans Meer oder in die Highlands.

»Wird wohl nichts mit drei Stunden Fahrt«, sagte Sandy.

Sie saß direkt hinter Antonia und blickte verträumt durch das Seitenfenster.

Entgegen ihrer Gepflogenheit trug Sandy heute mal keine Jeans, sondern ein weißes knitterfreies Minikleid. An ihren Ohrläppchen baumelten kostbare Kreolen. Sie saß noch keine anderthalb Stunden in Marcs Wagen, als sie das erste Mal masturbieren musste. Niemand nahm ihr das übel. Im Gegenteil. Die anderen lachten und erfreuten sich an ihrer Lust.

»Sorry, aber das musste sein«, sagte sie schließlich. »Hatte heute Morgen noch keine Zeit dafür.«

»Hab ich euch eigentlich gesagt, dass wir heute einen Ehrengast dabeihaben?«, fragte Marc.

»Wen?«, fragte Emily sofort.

»Eine recht aufgeschlossene junge Dame. Sie ist Russin und heißt Kitty.«

»Ein neues Clubmitglied?«, wollte Antonia wissen.

»Nein, eher ein Gastgeschenk für Randolph.«

Dass Jekaterina Burjakina erst fünfzehn war, erwähnte Marc wohlweislich nicht. Warum auch? Die kleine Kurtisane sah mindestens aus wie zwanzig und hatte mindestens ebensoviel Erfahrung.

»Oh, das finde ich klasse«, meinte Antonia. »Eine kleine Russin als Gastgeschenk. Da wird sich Randolph aber freuen.«

»Das denke ich auch«, sagte Marc. »Und wie ich Randolph kenne, wird er sie großzügig mit dir teilen.«

***

Die Freunde trafen ohne Zwischenfälle zwischen sechzehn und siebzehn Uhr auf Tottenham Castle ein. Einige hatten sich vorher im Internet kundig gemacht und sich von der ausgefallenen Architektur des Schlosses stark beeindruckt gezeigt. Aber jetzt, da sie diesem prächtigen Anwesen mit eigenen Augen gegenüberstanden, mussten sie sich eingestehen, dass die Realität ihre Erwartungen übertraf.

Lord Randolph und Lady Gladys strahlten vor Freude, als

sie sahen, dass die Clubmitglieder fast vollständig erschienen waren. Und die Tatsache, dass Burjakins lästige Erpressung endlich aus der Welt geschafft war, verdoppelte ihr Glück.

Als wirklich gelungene Überraschung wurde Kitty Burjakina in Empfang genommen. Anfangs wussten die hochadeligen Herrschaften mit diesem skurrilen Gastgeschenk gar nicht richtig umzugehen, aber Kittys lockere Art brach das Eis in kürzester Zeit.

Noch im Foyer hielt Lord Randolph eine kleine Ansprache. Zwischen Champagnerschlückchen, Kanapees und eloquentem Smalltalk gab er für dieses Wochenende auch ein Motto aus: Freie experimentierfreudige Sexualität.

Die Anwesenden quittierten dieses Motto mit großem Applaus.

Dann wurden ihnen die Schlafräume im ersten Stock zugewiesen. Die Zimmer waren sehr exotisch und stilvoll eingerichtet. Die riesigen französischen Betten boten Platz für mindestens zwei Personen. Alle Betten waren frisch bezogen.

»Wir verfügen hier über insgesamt fünfundzwanzig Schlafplätze«, sagte Lord Randolph. »Es braucht also niemand auf dem Boden zu schlafen.«

Alles lachte.

»Vielleicht habt ihr euch schon Gedanken gemacht, wer mit wem die Nacht verbringen möchte – da mische ich mich nicht ein.«

»Nach der langen Anreise wollen sich die Herrschaften bestimmt erst mal frisch machen«, intervenierte Lady Gladys.

»Natürlich«, pflichtete der Lord ihr bei. »Jedes Zimmer verfügt über ein eigenes Bad. Die Bäder sind groß genug, um von zwei Personen gleichzeitig genutzt zu werden.«

»Ich schlage vor, dass ihr euch zum Frischmachen nach dem Prinzip Zufall auf die Zimmer verteilt«, sagte Lady Gladys. »Die endgültige Verteilung ergibt sich bestimmt von selbst.«

»Gute Idee«, meinte Marc.

»Was dich betrifft, mein Lieber …«, Lady Gladys warf ihm einen geradezu bezwingenden Blick zu, »… brauchst du dir um einen geeigneten Partner für die Nacht keine Gedanken zu machen. Diese Nacht verbringst du bei mir.«

»Hm«, meinte Marc lakonisch. »Ich mag Frauen, die wissen, was sie wollen.«

Und Emily dachte: *Zum Schlafen kannst du dich ruhig neben Lady Gladys legen, aber das Sandwich mit dir und Antonia lasse ich mir auf keinen Fall entgehen.*

»Ich habe eben mal nachgezählt«, meldete sich Lord Randolph wieder zu Wort. »Wir sind sieben Schwänze und zehn Pussys. Für den Fall, dass unsere beiden Köchinnen mitmachen wollen, stehen uns sogar zwölf Pussys zur Verfügung … Männer, heute werdet ihr echt gefordert!«

»Das sind wir gewohnt«, meinte Eric lachend.

»Ja«, pflichtete Bruce ihm bei. »Heute bleibt keine Lady unbefriedigt.«

»Wo werden wir denn überhaupt ficken?«, wollte Nicole wissen.

»Berechtigte Frage«, sagte Lord Randolph, während er fast über ihre Reisetasche gestolpert wäre, »schließlich sind wir hauptsächlich deshalb zusammengekommen … Nun, es ist so, dass ich uns diesbezüglich keinerlei Beschränkungen auferlegen möchte. Ficken sollte man grundsätzlich da, wo es einem am besten gefällt. Andererseits möchte ich die Gepflogenheiten der ›VögelBar‹ beibehalten. Du hast einen wunderschönen Clubkeller, Nicole. Den haben wir auf Tottenham Castle selbstverständlich auch.«

»Am letzten Samstag hast du von ›außergewöhnlichen Räumlichkeiten‹ gesprochen, über die du hier verfügst«, sagte Nicole. »Ist doch klar, dass wir neugierig sind.«

»Gut, dann habe ich folgenden Vorschlag: Ihr macht euch jetzt alle frisch, Gladys zeigt den Zwillingen die Küche – um neunzehn Uhr gibt's nämlich ein kleines Abendessen – und in zwanzig Minuten treffen wir uns alle wieder unten. Dann zeige ich euch unsere ganz speziellen Räumlichkeiten.«

»Gute Idee. Also bis gleich, Randolph.«

Emily hatte die ganze Zeit über mit gespannter Unruhe zugehört. Sie war hellwach und wollte unter allen Umständen auf dasselbe Zimmer wie Antonia. Also stand sie die ganze Zeit neben der Transe, lächelte sie verschwörerisch an und hoffte, dass sie von ihr nicht abgewiesen werden würde.

Sie hatte Glück. Antonia hatte Emily gern in ihrer Nähe. Und so bezogen sie schließlich dasselbe Zimmer. Ihre Reisetaschen flogen auf die Betten, und sie zogen sich aus.

Für Emily war Antonias Anblick sehr erregend. Ihre schönen südamerikanischen Gesichtszüge, ihre olivenfarbene Haut, das lange wellige Haar, der kräftige Hintern und vor allem dieser wunderschöne geäderte Schwanz. Emilys Muschi pochte bereits ziemlich heftig, als sie sich in die Dusche begab, um die passende Temperatur einzustellen.

Als sie sich einzuseifen begann, legte sich eine kräftige Hand von hinten auf ihre Schulter.

»Sollte ich das nicht besser tun?«, fragte Antonia.

Emily drehte sich um und erblickte als Erstes Antonias mächtiges Glied, das sich bereits zur Hälfte versteift hatte. Langsam ging sie in die Hocke. Es war wie ein Zwang, sie konnte gar nicht anders. Dann stülpte sie ihre warmen vollen Lippen über Antonias Schwanz und lutschte ihn. Sie war wie besessen von diesem Wesen, das zur einen Hälfte Mann, zur anderen Hälfte Frau war. Dieses Wesen beherrschte sie vollkommen, und sie lutschte seinen Schwanz mit all der Hingabe, die ihr möglich war.

Doch als Antonia sie noch unter der Dusche von hinten nehmen wollte, wehrte Emily ab. »Nein, ich muss dabei liegen«, sagte sie.

Antonia war überrascht, beugte sich aber ihrem Wunsch.

Emily verließ die Dusche. Sie ging zurück ins Schlafzimmer

und setzte sich auf die Bettkante. Dann zog sie Antonia zu sich und saugte an ihrem Schwanz wie eine Ertrinkende. Als sie es vor Geilheit nicht mehr aushielt, ließ sie sich nach hinten gleiten und spreizte die Beine. Sie öffnete sich weit, als gelte es, die versäumten Orgasmen von drei Jahren im Eiltempo nachzuholen.

»Mach's mir richtig hart, Antonia«, stöhnte sie. »Richtig hart. Nimm bitte keinerlei Rücksicht auf mich.«

Es war ein Fick in der Missionarsstellung. Ohne Akrobatik und ohne falsches Pathos. Einfach nur hammergeiles Ficken. Emily kam rasend schnell. Es war genau das, was sie in diesem Moment gebraucht hatte, und genau das, was sie auch bekommen hatte. Sie schrie wie am Spieß. Antonia kam fast gleichzeitig mit ihr und spritzte ihr die volle Ladung in die überreife Fotze.

Ihre verschwitzten Körper lagen eine Zeit lang still nebeneinander.

»Hach, jetzt fühl ich mich richtig gut«, lachte Emily.

»Du bist leicht zufriedenzustellen«, sagte Antonia.

»Ich bin halt ein Naturkind. Ich brauche es einfach nur hart und gut.« Bei diesen Worten gab sie der Brasilianerin einen liebevollen Klaps auf deren erschlaffenden Schwanz. »Ich habe heute noch einiges mit dir vor, Antonia. Wart's nur ab.«

***

Die Gesellschaft versammelte sich in der großen Eingangshalle. Da ihnen Freiheit über alles ging, trug jeder das am Leib, was er am liebsten mochte. Einige Frauen trugen Minikleider, weil diese ihre Figuren am besten zur Geltung brachten, andere waren in hocherotischer Reizwäsche mit Strapsen erschienen. Die Männer trugen gewagte Slips oder hatten sich einfach nur ein Badehandtuch umgewickelt.

Lord Randolph führte die Herrschaften zunächst durch ein riesiges Esszimmer, dessen architektonisches Konzept gut und gern dreihundert Jahre alt sein mochte. Darin stand ein gewaltiger Tisch, an dem bequem zwanzig Personen Platz fanden.

Selma und Aline waren gerade mit dem Eindecken des Tisches beschäftigt. Sie trugen weiße Schürzchen, weiße BHs und weiße Spitzenhäubchen. Sie sahen der vorbeiziehenden Gesellschaft mit einem gewissen Neid hinterher.

Dann ging es weiter durch diverse Salons, bis sie vor dem Eingang zu den unterirdischen Gewölben standen.

Lord Randolph öffnete die Tür.

Vor ihnen lag eine Kellertreppe. Lord Randolph machte Licht und ging voran. Die Wände waren weiß gekalkt und die Decke hing so tief, dass die Männer die Köpfe einziehen mussten. Es ging tiefer hinab, als man zunächst vermutet hätte. Aber es war warm. Die Sommerhitze kam hier nicht hin, deshalb war alles künstlich beheizt. Schummriges Licht und wohlige Wärme machten sich breit. Trotzdem ließ sich der verliesartige Charakter dieser Gewölbelandschaft nicht verleugnen.

»Wir sind da«, sagte der Lord schließlich. Er schloss die schwere Eichentür auf und betätigte den Lichtschalter.

»Dies ist die ›VögelBar‹ des 13. Earl of Suttonborough. Ein Erbstück unserer Eltern.«

Den Anwesenden verschlug es den Atem.

Es war ein richtiger BDSMKeller mit hoher Decke, ausgestattet mit dem hochwertigsten Equipment, das es zu kaufen gab. Aber er enthielt natürlich mehr als das. Es gab Couchen, Sessel, Liegewiesen und eine riesige Bar. Der Fußboden war mit den teuersten Teppichen ausgelegt. Bizarr eingerichtete Bäder boten jeden erdenklichen Luxus.

Nicole machte es sich gleich auf einer der zahlreichen Ledercouchen gemütlich. Sie trug ihr bewährtes Catsuit aus schwarzem Leder und liebäugelte bereits mit einer der technisch ausgereiften FuckingMachines.

Lady Gladys, die Nicoles wollüstigen Blick auf die Maschine sofort registriert hatte, sagte: »Die sind absolute Spitzenklasse. Die benutzen wir für den Fall, dass den Herren der Schöpfung vorzeitig der Saft ausgeht. Die Arschfickmaschine ist am geilsten.«

»Apropos Arschfick«, kam es von der etwas vorlauten Kitty. »Wer möchte denn die einzige Spezialistin auf diesem Gebiet mal so richtig scharf zureiten?«

»Hahaha, dass ich nicht lache«, stänkerte Ivana. »In deinen Arsch passt doch höchstens ein Bahnwärterflötchen. Hast du dir Erics Prügel mal im ausgefahrenen Zustand angesehen?«

Kitty warf einen neugierigen Blick auf den Genannten.

»Lass mal sehen«, sagte sie. Sie riss Erics Badehandtuch weg und erschrak. »Oh mein Gott, das ist ja 'n richtiger Pferdepimmel.«

»Klar ist das ein Pferdepimmel. Aber 'ne dicke Backe riskieren. So was haben wir gern.«

»Hört auf zu zanken, Kinder«, ließ sich Nicole vernehmen. »Für jeden ist heute was Passendes dabei.« Und an Kitty gewandt: »Unsere Herren sind alle gute Arschficker. Aber da du ja etwas gutzumachen hast, schlage ich vor, dass Randolph den Anfang macht ... Wo ist er überhaupt?«

Lord Randolph war längst beschäftigt. Er lag mit Carmen Gutierrez auf der Liegewiese und leckte ihr gerade die Fotze aus. Die siebenundzwanzigjährige Spanierin genoss die Zungenfertigkeit des adeligen Beaus so sehr, dass sich durch ihr wollüstiges Stöhnen weitere Clubmitglieder zum Mitmachen animiert fühlten.

Claire und Simon waren umgehend zur Stelle und vergnügten sich abwechselnd sowohl untereinander als auch gemeinsam mit Carmen und Lord Randolph.

»Sandy, was ist mit dir?«, fragte Lady Gladys.

Ihr war nicht entgangen, dass die schöne Schmuckdesignerin gerade sinnierend zwischen dem BDSMEquipment umherging und immer erregter wurde.

»Ich brauch mal wieder etwas Abwechslung«, sagte sie in ihrer trockenen Art. »Bondage wäre jetzt nicht schlecht.«

»Da musst du dich an Silvio halten«, meinte Nicole, die alles mitgehört hatte. »Er ist unser absoluter BondageSpezialist und beherrscht die raffiniertesten Techniken.«

»Oh, das möchte ich auch haben«, rief Kitty.

»Kannst du gern«, erwiderte Silvio, der umgehend zur Stelle war. »Ich schlage vor, ich fange mit dir an.«

»Ja, bitte. Was muss ich tun?«

»Leg dich hierhin und nimm eine fötale Stellung ein.«

Kitty gehorchte.

Es war unglaublich wichtig, dass die Lederriemen sehr eng anlagen. Wenn Silvio Hand anlegte, tat es immer ein bisschen weh. Kurze Zeit später waren ihre Oberschenkel fest mit ihrem Körper verschnürt, die Unterschenkel gefesselt und ihre Arme auf dem Rücken brutal zusammengeknotet. Ehe Kitty sich versah, war sie zu einem perfekten Paket inklusive Mundknebel zusammengeschnürt und hatte praktisch keinerlei Bewegungsfreiheit.

Nachdem Silvio seine Arbeit perfekt verrichtet hatte, zog er sie mit einem Flaschenzug – mit dem Rücken nach oben – genau auf jene Höhe, die es den Männern ermöglichen würde, sie möglichst leicht zu penetrieren.

»So, fertig. Wer macht den Anfang?«, fragte er.

»Hab ich doch bereits gesagt«, ließ Nicole sich vernehmen. »Randolph natürlich!«

Sandy spazierte grinsend rüber zur Liegewiese. »Randolph, die Chefin verlangt nach dir.«

Lord Randolph ächzte gerade mit hochrotem Kopf über Claire. »Warum?«

»Persönliche Inbetriebnahme des Gastgeschenks.«

Der Adelige entschuldigte sich bei der Holländerin, ließ von ihr ab und ging mit stark erigiertem Penis rüber zu Bruce.

»Bruce, du musst für mich einspringen.«

»Kein Problem, Euer Lordschaft.«

Bruce schnappte sich Brittany, die er gerade in einem Sessel von hinten genommen hatte, und zog sie mit auf die Liegewiese.

Als Lord Randolph die hilflos in der Luft zappelnde Kitty sah, überkam ihn ein sadistisches Grinsen. »Ist sie schon präpariert?«, fragte er.

»Bin gerade dabei«, sagte Silvio. Er cremte Kittys Rosette vorsorglich mit einer großen Menge »Anal Lube« ein.

»Also Männer, es geht los!«, rief Nicole in den Raum. »Haltet euch bereit. Das TeenieFickfestival ist hiermit eröffnet.«

Lord Randolph machte wie gewünscht den Anfang. Der kleine Knackarsch der russischen Lolita sah dermaßen appetitlich aus, dass ihm das Blut schlagartig in seinen Schwanz schoss. Behutsam drückte er ihn gegen ihre Rosette. Er spürte nur einen ganz leichten Widerstand, dann flutschte sein Schwengel fast wie von selbst hinein. Anfangs bewegte er sich ziemlich vorsichtig, dann wurden seine Stöße schneller und heftiger.

Lord Randolph hatte einen der heftigsten Orgasmen seines Lebens. Sein Samen tropfte noch zäh aus Kittys Anus, als Silvio an der Reihe war. Auch er spritzte nach wenigen Stößen ab, so eng war ihr Loch, so geil der Anblick. Danach war Simon dran. Und als sie schon ziemlich gut gedehnt war, landete Bruce den Abschlusstreffer.

Eric ließ man vorsichtshalber außen vor. Seinen mächtigen Prügel konnte nur eine einzige Dame mit ihrem Arsch aufnehmen: Ivana Dobrynin. Aber er sollte trotzdem zu seinem Recht kommen. Während er Kitty vaginal nahm, traktierte Sandy Kittys Arsch mit einem Dildo.

Nachdem auch Eric abgespritzt hatte, wurde der Flaschenzug vorsichtig wieder heruntergelassen. Sandy nahm Kitty den Mundknebel ab. Kittys erste Worte waren: »Au Mann, das war so was von geil. Das will ich ab jetzt immer.«

Während sich die meisten Männer unter dem Beifall der Frauen in Kittys Arsch ergossen, bekam niemand mit, wie sich in einer Ecke des Raumes ein intimes Liebesspiel der besonderen Art vollzog. Emily realisierte nämlich gerade ihren geheimsten Traum. Für Marc empfand sie schon seit Jahren echte Liebe, für Antonia eine unerklärliche Leidenschaft, die von Tag zu Tag größer wurde.

Sie hatte diese Bild immer wieder vor Augen gehabt. Sie wollte es so und nicht anders. Ein liebevolles Vorspiel voller Zärtlichkeit und Fantasie. Die Männer sollten sie zuerst mit Massageöl übergießen und massieren. Kein Punkt ihres Körpers sollte ausgespart werden. Sie wollte im Öl geradezu schwimmen. Hände und Münder sollten jeden Punkt ihres Körpers liebkosen, bis sie den erlösenden Orgasmus geradezu erflehen würde. Dann sollte sich Marc auf den Rücken legen. Sie wollte sich auf seinen Schwanz setzen, und dann sollte Antonia sie von hinten penetrieren.

Emilys ölverschmierter Körper glühte, während sich die hammerharten Schwänze lustvoll in ihrem Fleisch bewegten. Sie kam in mehreren Wellen und hätte nicht sagen können, wo der eine Orgasmus abebbte und sich der nächste Orgasmus ankündigte. Sie kam, wie sie noch nie in ihrem Leben gekommen war. Die Zeit stand vollkommen still. Sie war nichts als zuckendes, bebendes und schreiendes Fleisch.

Um neunzehn Uhr gab es Abendessen. Die Tafel war mit zahllosen Köstlichkeiten gedeckt, vor allem mit dem besten und zartesten Rinderfilet, damit die Herren schnell wieder zu Kräften kamen. Selma und Aline hatten großartige Arbeit geleistet und wurden für ihre Kochkünste über die Maßen gelobt. Es war klar, dass sie sich eine angemessene Belohnung verdient hatten.

Beim Dessert gab es eine kleine scharfe Einlage von Ivana und Loreen. Sie waren glücklich, dass das »Shestnadzat« für sie nun endgültig Vergangenheit war. Lord Randolph hatte ihnen eine großzügige Entlohnung versprochen, und deshalb brachten sie ihr Glück gerade auf sehr persönliche Art und Weise zum Ausdruck. Sie hatten bei Tisch eine Weile still nebeneinander gesessen, aber dann war die Lust wie ein Tornado über sie hereingebrochen. Anfangs hatten sie sich nur gestreichelt und geküsst. Aber nun lagen sie in der praktischen 69erStellung nackt und stöhnend auf dem Tisch und leckten sich zum Ergötzen der Tafelgäste gegenseitig ihre Pussys.

Nach dem Essen ging ein Teil der Clubmitglieder wieder hinunter in den Keller. Die anderen blieben sitzen, um noch eine Weile weiterzuplaudern.

Kitty wurde dazu verdonnert, den Zwillingen beim Abräumen und anschließend beim Saubermachen in der Küche zu helfen. Anfangs zickte sie etwas rum, aber dann beschloss sie, das Beste aus ihrer Situation herauszuholen. Selma und Aline waren sehr attraktiv, und zur Not tat es eben auch eine Lesbennummer in der Küche. Die Mädchen waren noch keine zehn Minuten mit sich beschäftigt, als sich Antonia unbemerkt dazuschlich und es mit allen dreien gleichzeitig trieb.

Gegen Mitternacht herrschte unter den Clubmitgliedern eine Vertrautheit, die auch die letzten Tabus zum Schmelzen brachte. Lady Gladys nahm Marc, wie zuvor von ihr angekündigt, mit in ihre herrschaftlichen Schlafräume. In dieser Nacht sollte Marc ausschließlich ihr gehören.

Marc hatte schon einiges in seinem Leben gesehen, aber als er diesen Raum betrat, fiel er buchstäblich aus den Wolken. Das Mobiliar bestand aus den edelsten Hölzern. Auf den Sideboards standen kleine ausgefallene Skulpturen und kostbare chinesische Vasen mit frischen Schnittblumen. Indirektes warmes Licht durchflutete den Raum – hier hatte ein Lichtkünstler wahrhaft Meisterliches geleistet – und ein zarter exotischer Duft verstärkte die erotisierende Atmosphäre noch mehr. Der Champagnerkübel neben dem Bett durfte selbstverständlich nicht fehlen.

Lady Gladys hatte alles bis ins kleinste Detail vorbereitet.

Noch im Stehen tauschten sie allerlei Zärtlichkeiten aus. Marcs Hand schob sich behutsam zwischen ihre Beine. Sie war erwartungsgemäß klatschnass. Ein Zittern durchlief ihren

Körper, als er ihre Klitoris zart berührte. Langsam glitt sie an seinem Körper hinab und lutschte ihn.

»Komm, mein Geliebter«, hauchte sie schließlich und zog ihn rüber zum Bett. »Sex habe ich von dir mehr als genug bekommen. Heute will ich Liebe.«

Sie hatten sich noch keine zehn Minuten geliebt, als die Schlafzimmertür plötzlich aufflog und sich zwei weitere Personen zu ihnen gesellten und sich lachend neben sie legten: Lord Randolph und Brittany.

Marc und Lady Gladys waren bereits viel zu sehr in Fahrt, um sich daran zu stören. Als Lady Gladys kurz zur Seite schielte, sah sie den enormen Ständer ihres Bruders, wie er gerade ansetzte, das unbändige Lustfeuer in Brittanys Fotze zu löschen.

Es dauerte nicht lange, und man machte Liebe zu viert.

Fast wie von selbst war Marcs Schwanz in die Fotze seiner Schwester geglitten. Lady Gladys spürte Brittanys heißen Atem an ihrem Hals, wie sie vor geiler Gier fast verging. Zu sehen, wie ihr Geliebter seine eigene Schwester fickte, machte sie fast rasend vor Lust. Gierig griff sie nach der harten Latte ihres Bruders, die dieser nur zu gern in ihrer Lustgrotte versenkte.

Es gab jetzt praktisch keinerlei Grenzen mehr zwischen ihnen. Die Münder der Frauen verschmolzen begierig miteinander, und doch empfanden sie eine weit tiefere Befriedigung darüber, dass es gerade ihre eigenen Brüder waren, die ihre Ficklöcher nach allen Regeln der Kunst traktierten.

Das Wissen um den Doppelinzest erregte die Geschwister so sehr, dass sie nicht mitbekamen, wie sich eine fünfte Person ins Zimmer schlich und den beiden Geschwisterpaaren aus einem stillen Winkel heraus zusah.

Kitty Burjakina blieb lange Zeit unbemerkt. Aber als Lord Randolph sie schließlich doch entdeckte, war er keineswegs verärgert, sondern forderte sie stattdessen auf, sich ebenfalls auszuziehen und sich zu ihnen zu legen.

Ruck, zuck hatte sich das verdorbene Miststück die Hotpants, den Tanga und das bauchfreie Shirt abgestreift und sich zu den anderen gelegt. Der Saft tropfte ihr bereits aus ihrem engen Fickloch, als sie sich voller Dankbarkeit zwischen die Geschwisterpaare schlängelte und sich dann wie in Trance den zahllosen Händen, Mündern und Zungen überließ. Kitty leckte Fotzen, saugte an Nippeln und lutschte Schwänze. Und die Schwänze steckten abwechselnd in ihrer Mädchenmöse und in ihrem durchtrainierten Arsch und raubten ihr fast die Sinne.

***

Nach einem herzhaften Frühstück am Sonntagmorgen wurde die Orgie fortgesetzt. Der herrliche Sonnenschein und die warme würzige Sommerluft trieb viele nach draußen in den Garten, und dort wurde dann noch fröhlicher, noch wilder und noch tabuloser drauflos gevögelt.

Bei der Abreise am frühen Abend war den Clubmitgliedern klar, dass sie ein wirklich denkwürdiges Wochenende auf Tottenham Castle verbracht hatten. Die erlesene Gastfreundschaft, das tief empfundene Vertrauen und die absolute Tabulosigkeit des adeligen Geschwisterpaars hatten ihre Herzen wie im Sturm erobert.

Nachdem alle Reisetaschen in den Kofferräumen verstaut worden waren, lag man sich noch lange in den Armen, herzte und küsste sich und pries die einzigartige Freundschaft und das tiefe Vertrauen, das die Mitglieder dieses Clubs verband. Die meisten konnten das Wiedersehen am nächsten Samstag kaum abwarten.

Als sich die Karawane endlich aufmachte, um wieder in Richtung London zu ziehen, standen Lord Randolph und Lady Gladys noch lange winkend und lachend in der Einfahrt.

Kitty Burjakina hatte sich wie schon auf der Hinfahrt zwischen Ivana und Loreen auf den Rücksitz gequetscht. Lange Zeit sah sie verträumt vor sich hin, ehe sie sich an dem lockeren Geplauder der anderen beteiligte. Sie fuhr mit dem befriedigenden Gefühl nach Hause, heimlich zahlreiche Fotos geschossen zu haben, auf denen gestochen scharf zu erkennen war, wie Marc Feldman und Lord Randolph ihre eigenen Schwestern fickten.

Wie sehr würde sich Papuschka über diese Fotos freuen!

»Extreme Fesseln«
Die Internet-Story

Mit dem Gutschein-Code

KS2TBMQAW

erhalten Sie auf

www.blue-panther-books.de

diese exklusive Zusatzgeschichte als PDF. Registrieren Sie sich einfach online oder schicken Sie uns die beiliegende Postkarte ausgefüllt zurück!

Weitere erotische Geschichten:

Kim Shatner

VögelBar

Stellen Sie sich vor, Sie gehen in eine Bar und könnten frei wählen, mit wem Sie vögeln möchten ...

Die Vorstellung gefällt Ihnen?

Dann begleiten Sie Marc auf dem Weg zu seiner eigenen »VögelBar«, und lesen Sie von den sexuellen und frivolen Unwägbarkeiten eines solchen Vorhabens!

Weitere erotische Geschichten:

Joanna Grey

Befreie mich, versklave mich

Erotischer SM-Roman

Ein neuer Mann | Eine neue Liebe
Eine neue Erfahrung ...

Sie weiss nicht, dass in ihr eine Sklavin steckt.

Schritt für Schritt und mit viel Einfühlungsvermögen erweitert er ihre Schmerz- und Lustgrenzen.

Fühlen Sie das Vertrauen und die Nähe zwischen Dominanz und Unterwerfung.

Sara Bellford

LustSchmerz Erotischer SM-Roman

Sir Alan Baxter hat eine Passion:
Er sammelt Frauen!

Er will sie um ihretwillen besitzen

Sie wollen vom ihm gedemütigt und geliebt werden

Gemeinsam zelebrieren sie die schönsten Höhepunkte aus Lust, Schmerz und Qual ...

Gina Summers

Der Tauchlehrer

Ein Urlaub
zwei Tauchlehrer
eine Liebe
und viel Sex ...

Sina erlebt in Thailand nicht nur ihren schönsten Urlaub, sondern auch erotische Massagen, aufregende Tauchgänge, romantische Nächte und hemmungslosen Sex mitzwei Tauchlehrern.

Doch wer ist der Richtige für sie?